平凡社新書
930

ハーレクイン・ロマンス

恋愛小説から読むアメリカ

尾崎俊介
OZAKI SHUNSUKE

HEIBONSHA

ハーレクイン・ロマンス●目次

序章　恋は本屋さんで売っている？

「ハーレクイン・ロマンス」というものをご存じだろうか。「恋は本屋さんで売っている」というキャッチ・コピーで日本でもお馴染(なじ)みの、カナダ生まれの翻訳ロマンス叢書(そうしょ)である。現在は「ハーレクイン・ロマンス」に加え、「ハーレクイン・イマージュ」「ハーレクイン・ディザイア」「ハーレクイン・セレクト」「シングルタイトル」といった様々なバリエーションがあり、各バリエーションとも月二回、五日と二〇日に三冊程度の新刊が出るので、合計すると月に三十冊以上、年間で言えば四百冊ものカナダ産ロマンス小説が日本の愛読者に向けて提供されていることになる。そう、カナダが我が国に向けて輸出しているのはメープル・シロップだけではないのだ。まあ、メープル・シロップとロマンス小説、どちらも相当に「甘い」のだが……。

ちなみにハーレクイン・ロマンスの本国での創刊は一九四九年。日本語版は一九七九年から販売されているので、今年（二〇一九年）ハーレクイン・ロマンスは創刊七十周年、日本市場参入四十周年という節目の年を迎える。それだけ長い間日本市場に定着しているのだから、その名を一度も聞いたことがないという人は少ないのではないだろうか。もっともハーレクイン・ロマンスの読者はほぼ一〇〇%、女性に限定されているので、男性にとってはあまり縁がないものなのかも知れない。

とはいえ、その女性向けの甘い甘いハーレクイン・ロマンスを、仕事柄、男性である私が読む羽目になってしまったのだから、人生、何が起こるかわからないものである。

いや、仕事柄と言っても、別にハーレクイン・ロマンスを出版している会社と関係があるわけではない。私はアメリカ文学の研究者として、アメリカのペーパーバック本（日本で言えば「文庫本」に相当する廉価な紙表紙の本）の出版史についてあれこれ調べているのだが、この点から見ると、ハーレクイン・ロマンスという女性向けペーパーバック叢書には、非常に興味をそそられるところがあるのだ。

そもそもアメリカにおけるペーパーバック本の歴史はそれほど古いものではなく、一九三九年に創刊され、二十五セントという安値を売りにした「ポケットブックス」という名の新書判叢書の登場に端を発する。そしてこのポケットブックスの人気にあやかろうと同業他社が次々と市場参入を果たし、ポケットブックス以外にも数多くのペーパーバック叢書が出回ったことで、第二次世界大戦前夜から一九五〇年代半ばにかけてのアメリカは、一大ペーパーバック・ブームの時代を迎えることとなる。

しかし、「ペーパーバック革命」とも呼ばれたそのブームも、さほど長くは続かなかった。と言うのも一九五〇年代半ば以降、テレビの普及をはじめとする娯楽の多様化が始まり、その結果、アメリカ人の読書に費やす時間が急激に減ってしまったのだ。加えてあまりにも多くの出版社がペーパーバック本の出版に血道を上げたために市場飽和が一気に進み、売れ残ったペーパーバック本の返品の山が各出版社を苦しめることとなった。かくして弱小出版社はこの辺りで市場から撤退し、一九六〇年代以降、ペーパーバック市場は大手十社による過当競争の時代となる。

同時に、「下手な鉄砲も数撃ちゃ当たる」式にどんな小説でも選り好みせずペーパーバック化していた時代は過ぎ去り、どの出版社も確実に売れる本だけ、つまりハードカバー本としてベストセラーになった実績を持つ小説だけを選んでペーパーバック化することを目指すようになったので、新刊の出版点数は激減。その代わり、当該のベストセラー本の再版権（ペーパーバック化権）は一気に高騰したが、それにも拘らず、そのベストセラー本の再版権を手に入れるために、ペーパーバック出版社各社は入札に鎬を削った。

そしてこの熾烈な入札競争を勝ち抜くための資本を手に入れるべく、一九六〇年を境に、ペーパーバック出版社各社はそれぞれ大手ハードカバー出版社の傘下に入ることが多くなった。またその大手ハードカバー出版社も超大型資本に買収され、テレビ局、ラジオ局、映画製作会社、新聞社などと一緒になってメディア系コングロマリットを形成するようになった。コングロマリットになれば、まず映画を作り、それを系列のテレビ局やラジオ局や新聞で大々的に宣伝し、映画が当たればノベライズして系列のハードカバー出版社から出版し、ベストセラーになればそれをペーパーバック化するという形で、何層ものレベルで儲けることができる。いわゆる「ブロックバスター・コンプレックス」という商法で、映画『ジョーズ』（一九七五年）やテレビドラマ『ルーツ』（一九七七年）の成功がその好例と言われる。ただブロックバスター時代の到来によって、各ペーパーバック出版社のセールスは好調を維持することになったものの、その反面、もともとその出版社が持っていたユニークな個性は完全に消失した。巷間「アメリカン・ペーパーバックの黄金時代は一九五九年に終わった」と言われるのは、このためである。

ところが、アメリカのペーパーバック出版社各社がドングリの背比べ的な過当競争を繰り広げていたこの時代、ただ一社、すごい勢いで業績を伸ばしている会社があった。それがハーレクイン・ロマンスの販元、ハーレクイン社だったのである。何しろこの出版社、一九六五年にはわずか六百万部の年間セールスだったものが、七一年には一千九百万部、七七年には軽く一億部を超え、七九年にはペーパーバック本の市場占有率一〇％となって、バンタムブックス社（一四％）に次ぐ業界第二位の地位を得てしまったというのだからその成長率たるや凄まじい。しかもその売り物はと見ると、有名作家によるベストセラー小説をペーパーバック化したもの……ではなく、聞いたこともないような女性作家の手になるロマンス小説ばかりだというのだから、もう謎は深まるばかり。

ペーパーバック出版がブロックバスター産業と化したこの時期のアメリカで、無名の女性作家によるロマンス小説ばかり出すハーレクイン社が、これほど派手に業績を伸ばしていたのは一体なぜなのか？　ロマンス小説に特に興味があるわけでもない私が、「ハーレクイン・ロマンス」というロマンス叢書に俄然興味を抱いたのは、その理由（わけ）が知りたいと思ったからである。

と言うわけで、世間的には中年のおっさんと見なされるほどの歳になってから、私はこのハーレクイン・ロマンスなるものを手に取ったわけだが、生まれて初めてこの女性向けロマンス叢書の一冊を読んだ時の衝撃は、いまだ私の記憶に新しい。事実上、男子禁制とも言えるハーレクイン・ワールドでは、実に想像を絶する、驚くべき物語世界が展開していたのだ。

試みにヘレン・ビアンチンという人気作家が書いた『愛に震えて』（一九九四年）という作品を読んでみよう。

本作の主人公であるリーアンは二十五歳、小柄でブロンド、今はビューティー・クリニックの経営者。そんなリーアンが遠路はるばるメルボルンまでやって来たのは、癌で余命いくばくもない母ペイジを見舞うため。ペイジは先夫と死別した後、大富豪コスタキダス家の家長と再婚するが、この二番目の夫も交通事故死したため、今はコスタキダス・コーポレーションの若き総帥となった義理の息子ディミートリの庇護（ひご）の下、余生を過ごしていた。ちなみに母が再婚した時、リーアンもディミートリに会い、義兄となったこの黒目・黒髪・長身・ハンサムな若者に一目惚れしたものの、年齢差もあり、また互いの恥じらいもあって、何となく喧嘩別れしてしまった。だからリーアンがディミートリに会うのは十年ぶり。

で、母の枕元に行き、死期の迫った母のやつれた姿に衝撃を受けたリーアンをさらに驚かせたのは、ディミートリの突拍子もない提案だった。なんと、彼はその場でリーアンにプロポーズしたのである（えっ！）。あとで理由を聞くと、前々からペイジが「あなたとリーアンの二人が結婚すればいいのに……」と言っていたから、とのこと。要するに、先の長くないペイジのために、ここは二人でひと芝居打とうではないかという提案だったのだ（マジか！）。で、リーアンは仕方なくディミートリのプロポーズを承諾する（何で!?）。

かくして母が天国に旅立つ前に、辛うじて花嫁姿を見せることのできたリーアンだが、冷静になって考えてみると、まさかディミートリが義理の母への親孝行のためだけに自分と結婚したとは思えない。そうだ、コスタキダス家の莫大な財産の半分は母ペイジのものなのだから、母が亡くなった今、その財産は自分が受け継ぐことになる。だからディミートリが自分と結婚したのは、財産が半分になってしまうのを阻止するために違いない。

と、そのように勘ぐった目で見ると、どうもディミートリに纏（まと）わりついているブルネット（黒髪）の超絶美女シャンナがディミートリの本当の恋人で、ディミートリは彼女と別れるつもりはなく、自分のことは形式上の妻として囲っておくつもりだとしか思えない……。

ならばこちらにも考えがあるとばかり、リーアンが何かにつけて喧嘩腰でディミートリに突っかかっていくと、ディミートリは彼女を乱暴に抱きすくめ、情熱キスで口を封じた上、「君は僕の妻なのだから、夫としての権利を行使させてもらう」とか言いながら彼女の服をむしり取ってそのまま行為に突入！　その超絶テクニックにリーアンは喧嘩中だったことも忘れてうっとり（ええっ⁉）。

そんなことを何度も繰り返しているうちに、実はシャンナのことなどディミートリの眼中にはなく、彼が本当にリーアンを妻として愛していることが判明。かくして二人は真の意味で仲良し夫婦となりましたとさ。おしまい。

何コレ？

気を取り直してもう一つ読んでみよう。今度はペニー・ジョーダンの『愛なき結婚』（一九八一年）。

主人公のブライアニー・ウインターズは二十三歳。両親とも亡くなってしまったため、大学進学は諦め、秘書養成学校を卒業して、今はロンドンの新聞社で秘書を務めている。有能ではあるが、男っ気はなく、社内でのあだ名は「氷の女」。

そんなある日、ブライアニーの上司の転勤に伴い、新しい上司がやって来ることに。噂によればその人物はこの新聞社の中でも最高の地位にあるとのこと。ところがその新しい上司の名前を聞いてブライアニーは肝を潰す。なんとブライアニーのかつての恋人、キーロン・ブレイクだというではないか。

実はひと昔前、敏腕記者だったキーロンは、ある汚職事件の犯人を追っていて、その犯人の妹であるスーザンの友人で、同じアパートに住んでいたブライアニーに接触、二人は一時恋人状態になるが、やがてブライアニーから情報を得る形で犯人の居場所を突き止め、スクープ成功！　彼は一躍、時の人となるものの、ブライアニーはスーザンから裏切り者扱いされ、世間からも猛バッシング。しかも肝心のキーロンは彼女の前から急に姿を消してしまったため、ブライアニーは名前を変え、住む場所も変えて、ひっそりと今の秘書の仕事に就いていたのだ。それもキーロンとの間にできたニッキーという息子をシングル・マザーとして育てながら……。

そんな状況なのだから、再会後の二人の関係は最悪。しかもキーロンはニッキーの存在を知るや、どんな手を使ってでもブライアニーの手から親権を奪い取ると宣言、ブライアニーに向かっては「もしニッキーと別れたくないなら、お前も俺と結婚しろ」と迫る横暴ぶり。が、幼い息子と別れたくない一心のブライアニーは、キーロンの申し出を受け、結婚を承諾（何で!?）。

とはいえ、もともと親権絡みの「愛なき結婚」だし、どうやらキーロンにはルイーズという恋人がいる様子。一方、キーロンはキーロンで、ブライアニーは同僚のマットとできているのだと思い込み、猛烈に嫉妬しているので、二人は新婚とは思えぬほど喧嘩ばかり。それでも「夫の特権」と称して夜毎に迫るキーロンの愛撫（あいぶ）にブライアニーもつい情熱的に反応してしまって……（だから、何で!?）。

で、そんな喧嘩シーンとラブシーンを交互に繰り返した後、ブライアニーはフランスに住むキーロンの育ての親、マリアン叔母さんに会うことになるのだが、そのマリアン叔母さんから例の汚職事件スクープの際、キーロンが仕事で急遽アフリカに派遣されることになったこと、ブライアニーに事情を説明した置き手紙を書いたけれども、それがブライアニーには届かなかったこと、さらに帰国後重い病気に罹(かか)り、回復した時にはブライアニーの居場所がわからなくなってしまったことなどを聞き、彼がブライアニーを利用するだけ利用して捨てたのではなかったことを知ることに。

かくして過去を水に流したブライアニーは、キーロンを許し、愛なき結婚は、愛ある結婚に変わりましたとさ。おしまい。

ほ、ほう……。

とまあ、とりあえず二作ほど紹介してみたが、ハーレクイン・ロマンスというのは基本的にどれを読んでも大体こんな感じである。「偽装結婚」だの「愛なき結婚」などという馬鹿馬鹿しい設定、ヒロインとヒーローの間で歯痒いばかりに繰り返される誤解とすれ違い、思わせぶりな悪役(女)の介入、そしてそれらすべてが万事都合良くハッピー・エンドへと収束していくおめでたいストーリー展開等々、どの側面をとっても読んでいるこちらが恥ずかしい。金と権力を持ったヒーローの傲慢ぶりもコンプライアンス的にどうなのかと思うが、それよりも何よりも、そんなヒーローとの結婚こそ女性の幸福を保証するものだと言わんばかりの結末は、現代小説として通用するのだろうか？　世の女性たちは本当にこんなロマンス小説を読んで夢見心地になっているのか??

……と、男の私からすれば目が点にならざるを得ないのだが、売れているのである、このロマンス叢書。それもとんでもない数が。何しろハーレクイン・ロマンスはオリジナルである英語版の他に二十八ヵ国語に翻訳され、日本を含む世界百十四ヵ国で売られていて、これまでに累計六十七億部が売れているというのだ。

しかも「六十七億部売れた」というのは、延べ読者数が六十七億人であるということを意味しない。ハーレクイン・ロマンスの場合、愛読者同士が手持ちの本を交換し合うことも多く、さらに母親が買って読んだものを娘が読むこともある。それどころか、そうやって読み古された本が古本市場に流れて別の人に買われ、その人に読まれるばかりでなく、その人の友人たちや娘に読まれることもあるのだから、果たしてハーレクイン・ロマンスの延べ読者数が六十七億人の何倍になるのか見当もつかない。

書店の片隅の専用ラックにひっそりと並べられたハーレクイン・ロマンス、アレは実はとんでもないシロモノだったのである。

本が売れないとか、文学作品が読まれないとか、巷（ちまた）では色々言われているが、それは純文学の、すなわち「大文字の文学」の話なのであって、女性だけを想定読者に据えたハーレクイン・ロマンスは、そういう一般の認識の外側に膨大な数の固定客を擁し、長引く出版不況もどこ吹く風とばかり、我が世の春を謳歌（おうか）していたのだ。

では一体全体、このペーパーバック・ロマンス叢書のどこがそんなにいいのか？　何がそれほどまでに世の女性たちの心を魅了するのか？

私は、その謎が知りたいと思った。そしてついうっかり、この秘密の花園に足を踏み入れてしまった。すると、調べれば調べるほどとてつもなく面白い事実が次々と明らかになってきて、まさにミイラ取りがミイラになるごとく、私自身がすっかりこのロマンス叢書に魅了されてしまったのである。

では、カナダで、アメリカで、そして日本を含む世界中でそれほど人気のあるペーパーバック版ロマンス叢書「ハーレクイン・ロマンス」とは一体どのようなものであり、どのように生まれ、どのように発展し、どのように世界中に広まっていったのか。そして世界中の女性たちの心をがっちり摑んで離さない、その圧倒的な魅力とは何なのか。その辺りのことについて、この先、ぼちぼちとお話しさせていただこうと思う。

第一章　道化師(ハーレクイン)の誕生

——ハーレクイン社とミルズ&ブーン社

それは二人の女性から始まった

　そもそも「ハーレクイン・ブックス」という名の出版社は、一九四九年、カナダはマニトバ州ウィニペグ市で生まれた。創業者は、ウィニペグ市の初代市長を務めたこともあるリチャード・ボニーキャッスルという地元の名士。元来出版業とは無縁の男だが、そんな彼が出版社を創業したのは、ほんの軽い気持ちからだった。当時カナダでは、隣国アメリカで出版されていた安価なペーパーバック本の人気が高く、たまたまボニーキャッスルの知人の中にその手のペーパーバック本をカナダに配送する仕事をしていた人がいて、その人から「今、ペーパーバック本は大流行りだから、こういうのをカナダで出版したら儲かるよ」と水を向けられたのである。

　そこで人のよいボニーキャッスルはついその気になり、勧められるままに出版社を興してみた。そしてその出版社に「ハーレクイン」(道化師)というなかなか気の利いた名前を付け、「ジョーイー」と命名された道化師のロゴ（図1）まで考案した上で、コナン・ドイルやアガサ・クリスティーの推理小説、はたまたサマセット・モームの小説など、定番中の定番とも言うべき文学作品を安価な紙表紙の再刊本として出版する事業を始めたのである。ちなみにハーレクイン社の出版物の第一号はナンシー・ブラフという作家が書いた『マナティー号』というロマンス小説だったが、これはたまたまそうなっただけで、同社が最初からロマンス小説の出版に力を入れていたわけではない。

とまあ、言わば成り行きで出版業を始めてしまったボニーキャッスルではあるが、実際に始めてみると言われたほど儲かるものでもなく、彼は早くもこの新事業に身が入らなくなってしまう。ボニーキャッスルは自ら「極地探検家」を名乗るほどアウトドアな人で、会社の事務所に籠もって自社の本の売れ行きに一喜一憂したり、金勘定したりするのには向いていなかったのだ。

ところが、幸いにもボニーキャッスルの妻のメアリーには明らかに会社経営の才があった。彼女は夫の帳簿を覗いてみて、自社のペーパーバック本の中で比較的売れ行きがいいのは女性向けのロマンス小説だけであることに気づき、「いっそ、ロマンス小説ばかり出版してみたら?」と進言したのである。無論、もともと経営に疎いボニーキャッスルとしては妻の進言に反対する理由もない。ハーレクイン社における出版物選定の主導権は、ほどなくボニーキャッスルから妻メアリーの手に移ることとなった。

図1　ハーレクイン社のロゴ「ジョーイー」

もっともハーレクイン社は、既に市場に出回っている本（ハードカバー本）をペーパーバック本としてリプリントする再刊本専門の出版社なので、何を出版するかを決めると言っても、別に作家に執筆を依頼したりするわけではない。とりあえず図書館に行って面白そうな本、評判の本を探し出し、適当なものが見つかれば、その本の出版元と交渉して再版権を獲得、あとはペーパーバック本として出版するだけ。つまり出版物選定の成否は、少し前に出版された本の中から再版権がそれほど高くなく、しかもペーパーバック本として安価な値段で売り出せばそこそこ売れてくれそうな「隠れた名作」を掘り起こせるかどうかにかかってくるわけである。

そこで出版物選定の全権を任されたボニーキャッスルの妻メアリーは、まず夫の秘書であったルース・パーマー女史を地元の図書館に送り込んでロマンス小説を次から次へと読ませ、その中で特に気に入ったものがあれば、それをメアリーに推薦するよう指示。次にメアリーがその本を読んでみて、やっぱり面白いということになったら出版元と交渉し、再版権を獲得する――ハーレクイン社ではそんな一連の流れ作業が始まった。

かくして、ハーレクイン社の命運はメアリーとルースという二人の中年女性の協働にかかることとなったわけだが、そこは天の配剤と言うべきか、幸運なことに二人のロマンス小説についての嗜好（しこう）は大体において共通していた。露骨なラブシーンが一切なく、濡れ場と言えば最後の方に一度キスシーンがあるばかり、それもヒロインとヒーローが結婚を決意する時に限る、というような作品が二人の好みであったのだ。当然、婚前交渉とか不倫とか、その類（たぐい）も一切なし。そして何よりも小説がヒロインとヒーローの幸福な結婚によって終わるというのが必須条件だった。つまり、「上品で、ハッピー・エンド」なロマンス小説が、二人のお気に入りだったのである。

　で、そんな具合にメアリーとルースは互いに協力し合いながらハーレクイン社から出版すべき上品で、ハッピー・エンドなロマンス小説の選定を行ない始めたわけだが、二人がこれはと思うロマンス小説を見つけると、それが大概、イギリスのロマンス小説専門出版社「ミルズ＆ブーン」の出版物であることが判明する。またそうであるならば、毎度図書館通いしてめぼしいロマンス小説を探すより、ミルズ＆ブーン社と直接交渉し、同社がイギリスで（ハードカバー本として）刊行しているロマンス叢書をカナダでペーパーバック化し、それをハーレクイン社の本として売り出すことにしてしまった方が話は早い。

　そこでルース・パーマーは、一か八か、イギリスのミルズ＆ブーン社に宛てて同社が刊行しているロマンス叢書の再版権を求める一本の手紙を書いてみた。すると、案ずるより産むが易（やす）しで、なんと、ミルズ＆ブーン社からその申し出を受ける旨の返事が来たのである。

　というわけで、一九五七年、イギリスのミルズ＆ブーン社とカナダのハーレクイン社は紳士協定を結び、両者の業務提携が始まった。提携後、初の出版物となったのは、ハーレクイン叢

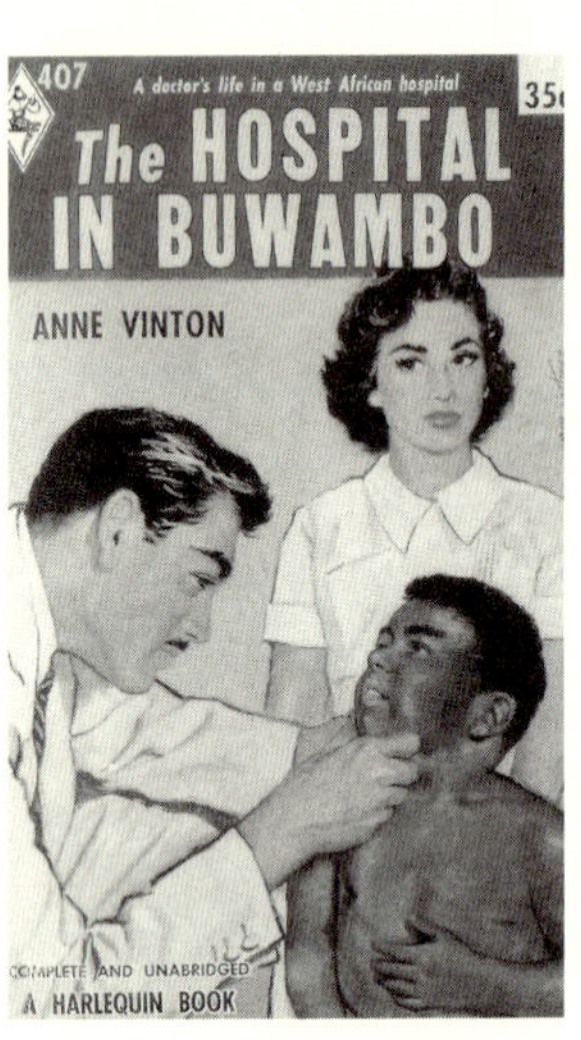

図2　『ブワンボの病院』1957年

書四百七番、アン・ヴィントンの『ブワンボの病院』（図2）という病院を舞台にしたロマンス小説。当時ハーレクイン社では、自社の本に出版順に番号を割り振っていたので、「四百七番」という番号が付いている『ブワンボの病院』は、文字通りハーレクイン叢書の四百七冊目を意味する。こういうシンプルな番号付けをすると、「一番」から最新刊まで全部揃えようとするマニアが必ず現れるので、当時のペーパーバック業界ではこの手のナンバリングが流行っていたのだ。

ところで、今、ハーレクイン社とミルズ&ブーン社が「紳士協定」を結んだと述べたが、この紳士協定というのは、毎年一回、両社の首脳がロンドンのリッツホテルで昼食会を催し、次の年もまたお互いに協力していきましょうと口約束する、というものである。要するに、契約条件を事細かに書面にまとめて取り交わすアメリカ式の契約ではなく、お互い、あまり束縛せずに仲良くやっていきましょうという、いかにもイギリス的な商取引を両社は行なったのだった。

イギリスのロマンス小説出版社ミルズ&ブーン

ここでもう一度確認しておくと、ミルズ&ブーン社とハーレクイン社との関係は、イギリスのミルズ&ブーン社からハードカバー本として出版されたロマンス小説の再版権をカナダのハーレクイン社が買い取り、それをペーパーバック化して、「ハーレクイン・ロマンス」という名称の下、カナダで売り出すというものであった。つまりハーレクイン・ロマンスというのは、基本的にミルズ&ブーン・ロマンスの二番煎じなのだ。ハーレクイン・ロマンスの登場人物の大半がイギリス人であり、その舞台もイギリス、あるいは英連邦王国の一部であるオーストラリアやニュージーランドに限られるのはそのためである。

では、そもそもハーレクイン・ロマンスの「元」を作っているミルズ&ブーン社とは、一体どのような出版社なのだろうか。

ミルズ&ブーン社は、一九〇八年、ジェラルド・ミルズとチャールズ・ブーンという二人の人物によって創立された。ハーレクイン社が出版業界での経験がない素人の手によって創立されたのとは異なり、ジェラルド・ミルズもチャールズ・ブーンも、もともと「メシュイン社」というイギリスの有名な出版社に勤務していた業界人である。ミルズは金持ちの家柄でケンブリッジ大出身、一方のブーンは貧しい農家に生まれ、十二歳で教育を終えた後、十六歳でメシュイン社に就職し、オフィス・ボーイから始めてセールス・マネージャー兼ゼネラル・マネージャーまで上り詰めた叩き上げで、二人のバック・グラウンドは大分異なる。が、二人とも有能な出版人であることに変わりはなく、それぞれ社内でそれなりの地位を築いていた。

ではそんな二人がなぜ、敢えてメシュイン社を出て、新たに出版社を興そうとしたかと言えば、一つには給料の点で不満があったためである。またそれに加えて二十世紀初頭のこの時期、イギリスでは新教育法制定（バルフォア法、一九〇二年）の影響で中等教育が充実したことから、本に対する潜在的な需要が高まっていたのだ。だから野心のある出版人なら、この辺りで一旗揚げようという気になったとしてもおかしくなかった。

かくして野心満々の二人は、一九〇八年、コヴェントガーデンのウィットコム・ストリート四十九番にオフィスを構え、ミルズ&ブーン社を創立する。資本金は一千ポンド、そのすべてはミルズが出した。二人が設立した会社が「ブーン&ミルズ」ではなく「ミルズ&ブーン」になったのも、その辺りに理由があるのかも知れない。

そして会社設立の翌年の三月、二人はミルズ&ブーン社の最初の出版物を世に問う。それはソフィー・コールという女性作家による『闇から放たれた矢』というロマンス小説だった。ミルズ&ブーン社は、あたかもその後の同社の発展の方向性を見越したかのように、女性作家によるロマンス小説を出版することで出版社としてのスタートを切ったのである。

もっとも創立当初のミルズ&ブーン社は、一般の小説・歴史書・教養書・ユーモア・健康・育児・料理・旅行関連書など、どんな種類の本でも選り好みせず出版しており、ロマンス小説に特段の執着があったわけではない。それどころか、売れ筋の小説部門に関しては、ミルズ&ブーン社もまたこの時代の他の出版社と同様、人気男性作家を専属として迎え入れたいという意向を持っていた。

そしてその願いが叶ったと言うべきか、その後同社は、創立直後の弱小出版社としてはあり得ないような有名人気作家との契約を取り付けることになる。その作家の名はジャック・ロンドン。「ロンドン」という名前が若干紛（まぎ）らわしいが、ジャック・ロンドンはイギリス人ではなく、紛（まが）う方なきアメリカ人である。意外なことに、ミルズ&ブーン社の最初のドル箱作家はアメリカ人作家だったのだ。

それにしても、後に「ロマンス工場（ファクトリー）」として世界中の女性たちの心を摑むことになるミルズ&ブーン社と、アメリカの人気作家ジャック・ロンドンという一見共通点がなさそうな両者は、一体どのような経緯で結び付くことになったのか。

ジャック・ロンドンは十九世紀末から二十世紀初頭にかけ、アメリカの文壇に数多（あまた）登場した自然主義作家の一人である。代表作の『荒野の呼び声』と『白い牙』は日本でもよく読まれているので、犬や狼を主人公にした動物小説を書く作家として認識されている方も多いのではないだろうか。実際、この二作はイギリスでも人気で、イギリスの大手出版社であるメシュイン社（ジェラルド・ミルズとチャールズ・ブーンが元勤めていた会社）からイギリス版が出ており、「動物小説の書き手」としてのロンドンのイギリスでの知名度は相当に高かった。

しかし、実はロンドンは動物小説の書き手……ではないのである。

そもそも自然主義文学というのは、人間を欲望や環境に振り回される脆（もろ）いものとして描くものだが、先に挙げた『荒野の呼び声』や『白い牙』にしても、前者は人に飼われていた犬が野に放たれたことで野性を取り戻していく話だし、後者は逆に狼の血を引く野犬が人間に飼われることで野性を失い、忠実な飼い犬になっていく話であって、要するに「人の一生というのは、環境や運命によって容易に左右されてしまうものだ」ということを、犬（狼）にまつわる物語の形を借りながら描いたものなのだ。だからジャック・ロンドンが動物を主人公とした小説を書いたとしても、それはあくまで「寓話（ぐうわ）」として書いているのであって、彼はジャンルとしての動物小説の書き手ではない。

ところが、ジャック・ロンドンのイギリスでの版権を獲得していたメシュイン社の社主アルジャーノン・メシュインにとって、ジャック・ロンドンはあくまでも「動物を主人公に据えた面白い小説を書く作家」であり、その手の小説以外の作品に対しては理解も関心も持ち合わせていなかった。だからロンドンに対しても「次の動物小説」を慫慂（しょうよう）するばかりで、本人が本当に書きたいと思っている「それ以外の小説」をなかなか出版しなかったのである。そこでこうした状況に不満を持ったロンドンは、メシュイン社との契約を打ち切り、イギリスにおける彼の作品の版権を「ハイネマン社」という別の出版社に託すことになる。

しかし、彼はハイネマン社との契約にも満足できなかった。と言うのも、この出版社は出版のペースが遅過ぎたのだ。何しろジャック・ロンドンという人は、わずか四十年ほどの生涯のうちに二十作以上の長編小説に加え、短編集やエッセイ集や詩集など、合わせれば六十冊を優に超える本を世に出した多産な作家だったので、そんな彼にとってハイネマン社の遅々として進まぬ出版ペースはなんとも歯痒くて仕方がなかったのである。彼としては、彼が書くそばから出版してくれるような、機動力のある出版社と契約したかったのだ。

そして、そんな機動力のある出版社を探していたジャック・ロンドンの代理人、ヒューズ・マシーの目に留まったのが新興の出版社ミルズ&ブーンだった。かくして一九一一年九月、ジャック・ロンドンは同社と契約を結び、最初の作品として『神が笑う時』という短編集を出版する。契約の内容も豪勢なもので、百ポンドの前払い、五千部までは二〇%の印税、それ以降は二五%の印税というのだからこの点では文句なし。しかも先のメシュイン社とは異なって、ミルズ&ブーン社はジャック・ロンドンの作品ならどんなものでも喜んで出版を引き受けた。事実、同社は最終的に三十六点ものジャック・ロンドンの作品をイギリス、オーストラリア、ニュージーランドで出版しており、しかもこれらは皆、相当に版を重ねることになったのだから、この契約はジャック・ロンドンとミルズ&ブーン社の双方にとって実り多いものだったと言っていい。とりわけ創立からまだ間がなく、有力な作家とのコネがなかったミルズ&ブーン社にとって、流行作家ジャック・ロンドンとの契約は願ってもないことだった。

「有名な一人の男性作家」より「大勢の無名の女性作家」へ

ところが、そんな両者の互恵(ごけい)的な関係にもやがて終止符が打たれる時が来る。両者の契約が結ばれてからわずか五年にして、ジャック・ロンドンが四十歳の若さで世を去ってしまったのだ。ミルズ&ブーン社のような弱小出版社にとって、一番のドル箱と頼んだロンドンの急逝が大きな打撃だったことは言うまでもない。

しかし、災難はそればかりではなかった。ドル箱作家の死という大打撃に襲われた一九一六年、ミルズ&ブーン社はさらに大きな危機に直面することになる。第一次世界大戦前夜の世界情勢の悪化により、同社の経営責任を担ってきたジェラルド・ミルズ、チャールズ・ブーンの両名が、二人揃って兵隊に取られてしまったのだ。かくして同社の経営は以後三年にわたってブーンの妹、マーガレット・ブーンが担うことになる。身寄りの少なかったミルズとは異なり、兄弟姉妹の多かったブーン家では一族郎党のほとんどがこの出版社に勤めていて、マーガレットもオフィス・マネージャー兼校正係として同社で働いていたため、彼女が臨時の経営責任者に選ばれたのである。

が、結果から見るとこれが良くなかった。マーガレット・ブーンには、与えられた仕事をこなすことはできても、会社の各部門に隈なく目配りをし、適切な出版スケジュールを決めたり、在庫管理をするなどということは少しばかり荷が重かったのだ。また当時彼女は不倫の真っ最中で、仕事に専念できない事情もあった。しかもその不倫相手というのが、同社の専属作家の一人であったソフィー・コール（同社の記念すべき最初の出版物の著者）の義兄だったのだから、事態は最悪である。

というわけで、徴兵を受けてから三年の後にミルズとブーンが社に戻ってみると、新刊の計画はめちゃくちゃ、在庫は百万部にまで膨れ上がっていることが判明。収益も激減し、一九二一年にはわずかに四十ポンドの黒字しか計上できなかった上、二年後の一九二三年には二千二百七十ポンドの赤字を出す始末。同業他社は戦後の好景気に沸いているというのに、ミルズ&ブーン社は逆に極度の経営不振に陥ることになってしまったのだった。

しかし、それでもミルズ&ブーン社は何とか経営を立て直すことに成功する。第一次世界大戦の爪痕が残る一九二〇年代のイギリスは、他に大した娯楽がなかったこともあり、空前の読書ブームに沸いていたのであって、どの出版社にとっても追い風は吹いていたのだ。そしてそんな追い風の中、同社の出版物の中でぐんぐん売れ行きを伸ばしていたのが、ロマンス小説だった。

とりわけ売れていたのはルイーズ・ジェラード、ジョアン・サザーランド、エリザベス・カーフレイ、デニース・ロビンズといった女性ロマンス作家たちの作品。今名前を挙げた女性作家たちは、文学史に残るような大作家ではなく、今日的な観点から言えば「泡沫(ほうまつ)作家」と言うべき存在ではあるのだが、それでも彼女たちの書く一連のごく軽い娯楽的な小説群は、一九二〇年代のイギリスの国民嗜好、とりわけ労働者階級の女性読者の嗜好に合っていた。特に海外を舞台にしてヒロインが冒険的なロマンスに身を委ねるという趣向の小説を書き飛ばしたサザーランドと、病院内を舞台にした恋愛小説で名を挙げたジェラードの作品は売れ行きが良く、こうしたいわゆる「エキゾチック・ロマンス」や「メディカル・ロマンス」が、一九二〇年代のミルズ&ブーン社を代表する売り物になっていく。ジャック・ロンドンという一人の「有名男性作家」が開けた大きな穴を、大勢の「無名女性作家」たちが埋めたのである。

要するに、これら一連の存亡の危機の中からミルズ&ブーン社が学んだのは、「一人の人気作家に頼ってはいけない」ということだった。「有名な一人の作家」よりも、「大勢の無名作家」に頼った方が経営は安定する。そしてこの教訓を元に同社が目を付けたのが、ロマンス小説を書く大勢の女性作家たちであり、彼女たちの小説を好んで読む無数の女性読者だったのだ。

主要マーケットは貸本屋

ところで、ミルズ&ブーン社に女性ロマンス作家の人気ぶりを強く意識させるきっかけとなったのは、「貸本屋」の存在であった。

後続する「コラム」で詳述するが、二十世紀の前半まで、イギリスにおける本の流通に関して中心的な役割を果たしていたのは、書店ではなく貸本屋だった。基本的に本というのは値段の高いものなので、それを買って読むなどということはごく一部の特権階級にのみ許された贅沢であって、当時イギリスの一般庶民にとって、本は貸本屋で借りて読むものだったのだ。そしてその貸本屋を利用していた顧客の多くは女性、とりわけ新興の読者層であった労働者階級の女性であり、また彼女たちが貸本屋から好んで借り出していたのは、ロマンス小説だったのである。

実際、ミルズ&ブーン社がロマンス小説の出版に力を注ぎ始めた一九二〇年代後半から一九三〇年代にかけて、同社の出版物に対する貸本業界からの注文が急速に伸び始め、これが不振に喘(あえ)いでいた同社にとって恰好のカンフル剤となった。女性好みのロマンス小説を、女性たちが貸本屋から借り出し、読み耽るという風習の確立、これがピンチに陥っていたミルズ&ブーン社の急速な業績回復を支えたのだ。またそうであるならば、ミルズ&ブーン社が、女性読者と貸本屋を当て込んだロマンス小説の出版に一層力を入れるようになったのも不思議ではない。

かくしてミルズ&ブーン社では、できるだけ多くのロマンス小説を貸本屋経由で女性顧客の下に届けるべく、一九三〇年頃から出版のペースを上げ始めた。何しろ貸本屋における本の回転率は非常に高く、平均的な利用者は週に一度貸本屋を訪れ、その都度二冊ほどを借りていくというのだから、毎月一冊ずつ新刊本を出すというようなのんびりしたペースで出版していたのでは、貸本屋の顧客層にアピールすることなど到底できない。なるべくしょっちゅう「新刊が出ました!」という宣伝を打った方が有利なのだ。この時期のミルズ&ブーン社が「一週おきに二冊から四冊の本を出版する」という過密な出版スケジュールを確立したのは、貸本屋を訪れる女性顧客の心を捉えるための重要な戦略だったのである。

ストーリーと装幀の「ワンパターン」化戦略

しかし、このような過密出版スケジュールと同時に、ミルズ&ブーン社が貸本屋・女性顧客対策として打ち出した重要な出版戦略がもう一つあった。商品の均質化である。

ミルズ&ブーン社では、この頃から自社のロマンス小説のストーリーをワンパターン化し、「あどれも皆、大体同じような筋書きの話になるようにしたのだ。別な言い方をするならば、「ある作品は突出して面白いけれど、別な作品はあまり面白くない」ということがないようにしたのである――と言うと、そんな、どれもこれも同じ話ばっかりだったら、すぐに読者に飽きられてしまうではないか、と思われるかも知れないが、実際にはそうはならない。

一般にロマンス小説を愛好する女性読者というのは、先の見えないハラハラ、ドキドキのストーリー展開を嫌う。ロマンス小説にそんなものを期待していないのだ。彼女たちがロマンス小説に求めているのは、「たとえどんな状況であろうとも、いずれヒロインはヒーローと恋に落ち、結婚して、幸せになる」という安心感であって、その安心感を多少なりとも揺るがすような要素は要らないのである。加えて、経済観念の発達した女性読者は「せっかく借りたのに、読んでみたらガッカリ……」という状況を極度に嫌うものなので、出版する小説の質を揃え、「どの本も皆、期待通り!」という風にしておくのは、とても賢いやり方なのだ。

事実、こうした「均質化」の戦略がいかに理に適ったものであるかを裏付ける資料に、Q・D・リーヴィスという人の書いた『小説とその読者層』(一九三二年)という本がある。この本はイギリスにおける一般大衆の読書傾向を分析したものなのだが、それによると貸本屋の顧客というのは一度気に入った本を見つけると、次に貸本屋を訪れた際、「これと同じような本はありますか?」と尋ねるという。そして貸本屋が大体同じような傾向の小説を差し出すと、内容を確かめもしないで借りていくというのだ。となれば貸本屋の方でも、読者からの評判の良かった本と同じようなストーリー展開をし、同じような結末となり、同じような満足感を与え

図3　『ウィズ・オール・マイ・ワールドリー・グッズ』1938年

る本を、当該の出版社に大量発注することになる。だから出版するロマンス小説の内容を均質化し、「どれも皆同じ」な小説を次々と出版することは、ミルズ&ブーン社のように貸本屋を主たる顧客にしている出版社からすれば、非常に賢い戦略なのである。

　しかもミルズ&ブーン社が均質化したのはロマンス小説の筋書きばかりではなかった。同社は本の外観、すなわち装幀までも均質化してしまったのだ。

　もともとミルズ&ブーン社では、自社の本をすべて茶色の布地で製本し、そのために「ブラウン・ブック」なる愛称を得ていたのだが、一九三〇年代になると、その上にハリウッド映画のポスターばりの派手なダスト・ジャケット（カバー）を纏わせ、それを同社の出版物の新しいトレード・マークにしたのである（図3）。公共図書館の場合と違い、貸本屋では本はダスト・ジャケットを付けたまま書架に置かれるので、この種の派手なダスト・ジャケットを纏わせることは、貸本屋の書架におけるミルズ&ブーン社の本の存在感を際立たせるのに大いに役立つのだ。

内容に出来不出来の差がなく、ストーリー展開も大体同じような、質の揃ったロマンス小説を、デザインに共通性を持たせた派手なジャケットに包み、これを「ミルズ＆ブーン」という出版社の「商品」としてマーケティングを進める――これはまさにロマンス小説のブランド化と言っていいだろうと思うのだが、ミルズ＆ブーン社が一九三〇年代の貸本業界の隆盛の中で選び取った戦略は、まさにそのブランド化だった。ライバル出版社との競争の中でミルズ＆ブーン社は、個々の本の内容や著名な作家のネームバリューで勝負するというような伝統的な手法を止め、「ミルズ＆ブーン」というブランド自体を売る作戦に出たのである。

実際、本を出版社のブランドで販売しようという戦略が意図的なものであったことは、一九三〇年代の同社の広告を見るとよくわかる。そこには大体こんなようなことが書かれていた――曰く、「世は出版ラッシュで、巷は新刊本で溢れています。しかし大手出版社が出す小説には出来不出来の差があるし、ベストセラーといわれる小説もそうしょっちゅう出るわけではない。それに比べて弊社が出す小説は内容をよく吟味（ぎんみ）してあるので、どれを買っても面白さは保証付き。新刊本の洪水に溺れることなく、よい本を楽しみたいと思うなら、是非弊社の本の中からお選びになるとよろしいかと存じます」。とにかくミルズ＆ブーン社の本をお探しなさい、そうすればどれを読んでも面白いですよ。そしてそれが気に入ったら、「これと同じような本を貸して下さい」と貸本屋のカウンターで言って下さい……この広告文は、要するにそういうことを言っているのである。

そしてこのミルズ&ブーン社のブランド戦略は見事成功し、同社の売り上げは急速に伸びていった。一九三〇年代、同社の平均的なプリントラン（初版の発行部数）は一タイトルにつき六千部から八千部。これは弱小出版社としては、なかなか景気のいい数字である。しかも同社の出版物は貸本業各社が数百部単位で大口購入してくれるのだから、返本や在庫の心配もさほどしなくて済む。かくして女性と貸本屋に気に入られるような本を出し続けた同社は、一九三〇年代の半ばまでには、「ロマンス出版に強い中堅どころの出版社」という辺りまでその名を高めていったのだった。

娯楽の王者テレビの登場

このように一九二〇年代後半から三〇年代にかけてのミルズ&ブーン社は、貸本屋とタッグを組むことによって快進撃を続けていたわけだが、そんな絶好調のミルズ&ブーン社も、四〇年代が近づくにつれ、若干の低迷を余儀なくされることになる。その理由として、一つには第二次世界大戦の影響で印刷用の紙が不足したこともあるが、それに加え、創業者の一人であるチャールズ・ブーンの息子たちで、同社の主戦力となっていたアランとジョンが徴兵されてしまったことの影響も大きかった。

加えて、同社にとってこの時期、最も大きな打撃となったのは、そのチャールズ・ブーンが一九四三年に六十六歳で亡くなったことである。もう一人の創業者であるジェラルド・ミルズが一九二八年に五十一歳で亡くなった時にも多少の問題が生じたのだが、総合出版社からロマンス小説専門の出版社へと舵を切っていた同社にとって、小説部門の総帥であったチャールズ・ブーンの死は、ミルズが亡くなった時以上の混乱をもたらすことになった。

しかし、この危機もチャールズ・ブーンの二人の息子たちが戦場から戻ると、収束の方向に向かった。と言うのも、ブーン家の長男のアラン・ブーンには父親と同じく編集の才があり、また父親同様、社交家でもあって、それまでチャールズ・ブーンが引き受けていた仕事をそっくりそのまま引き継ぐようになったからである。また弟のジョン・ブーンの方も経営の才のある人で、こちらも同社の経営の近代化に大きく貢献することになった。かくしてミルズ&ブーン社は第二次世界大戦時の低迷の中から不死鳥のように蘇り、アランとジョンの兄弟を中心とした「一族経営の出版社」という色合いを強めていった。

そしてこのような経営陣の一新に加え、一九四七年から段階的に戦時下の印刷用紙の割り当て制が解除されたことにより、ミルズ&ブーン社は四八年に過去最高益を記録した他、四九年には出版点数においてイギリスで三十七番目の中堅出版社になるなど、その経営状況は好調をキープ。かくしてミルズ&ブーン社は、「黄金の一九三〇年代」に続き、「バラ色の一九五〇年代」を迎える準備を整えることになったのである。

もっとも一九五〇年代は、ミルズ&ブーン社にとって必ずしも安寧な時代というわけでもなかった。テレビという名のライバルが、庶民の「娯楽の王者」としての読書の地位を脅かし始めたからである。

「テレビの普及」という、出版業界全体にとっての逆風が、特にミルズ&ブーン社にとって痛かったのは、テレビ人気の陰に隠れるようにして、それまで娯楽の殿堂的存在であった貸本屋が衰退し始めたからである。ミルズ&ブーン社がここまで順調な経営を続けて来られたのは、同社が貸本屋向けにロマンス小説を次々と出版し、これが好評を得ていたからであって、その意味で貸本屋は同社の経営を支える土台骨だった。その土台骨が崩れ出したとなれば、これが同社にとって一大事であることは言うまでもない。

「女性誌」とのタイアップ

この危機的状況に際し、ミルズ&ブーン社は新たな勝負に打って出る。「女性誌」とのタイアップである。

具体的に言えば、同社は当時のイギリスにおける三大人気女性雑誌、すなわち『ウーマン』

『ウーマンズ・オウン』『ウーマンズ・ウィークリー』の三誌（合計三百万部発行）と契約を結び、ここに自社専属作家の手になるロマンス小説を連載してもらうことにしたのだ。

連載してもらうと言っても、商品（小説）を提供するのだから、当然、その時点でミルズ&ブーン社の下には連載料が入ってくる。だが、それだけではない。女性誌を読む女性読者の心理というのは面白いもので、雑誌に掲載されていた連載小説を終わりまで読んでしまえばそれで満足するかというとそんなことはなく、今度はそのお気に入りの連載小説を単行本の形でまとめて読みたくなるものなのだ。だから連載が終わった小説を単行本として出版すれば、その本は確実に売れる。ゆえにミルズ&ブーン社は、まず女性誌にロマンス小説を提供する段階で一度儲け、さらに連載終了後にはそれを単行本として出版・販売し、そこでまたひと儲けするということをやり始めたことになる。女性誌にロマンス小説を提供するということは、お金をもらって自社製品の広告を打っているようなものなのだ。

しかも、女性誌とのタイアップの結果、ミルズ&ブーン社の専属作家ではない女性作家たちが、ミルズ&ブーン社の提携先の女性誌に小説を連載した後、それを同社から単行本として出版したいと申し出てくるケースも増えてきた。後にミルズ&ブーン社の人気専属作家となったリリアン・ウォレンやエスター・ウィンダムなどはこういう形で同社の専属となった作家たちだが、かくのごとくミルズ&ブーン社にとって女性誌という媒体は、小説の発表・広告の場としてだけでなく、専属作家獲得の場としても機能したのである。もう、いいことずくめである。

かくしてミルズ&ブーン社は、当時華やかな発展を遂げていた女性誌をうまく利用する方法を案出し、貸本屋頼みだった体質から徐々に脱却することに成功する。要するに同社はうまくバスを乗り換えたのだ。

ペーパーバック・ブームの到来

このようにミルズ&ブーン社は、会社にとって大きな危機が訪れる度に何らかの突破口を見出して、その都度、新しい波に乗るということを繰り返してきたわけだが、一九五〇年代にはテレビの登場に加えてもう一つ、また別な新しい波がイギリス社会に押し寄せていて、ミルズ&ブーン社はそちらの波への対応も迫られることになる。「ペーパーバック・ブーム」の到来がそれである。そう、アメリカで一九四〇年代にブームとなった安価な紙表紙のペーパーバック本が、この頃、イギリスにおいても大ブームとなっていたのだ。

イギリスにおけるペーパーバック本の登場はアメリカよりも少し早く、一九三五年に創刊された「ペンギンブックス」をその嚆矢(こうし)とする。アレン・レインというイギリス出版界の異端児によって創設されたペンギンブックスは、娯楽的な小説から古今東西の文学的傑作、あるいは真摯な研究成果に基づいた教養書から図鑑的なものに至るまで、統一した体裁(新書判)、統一した価格（六ペンス）で販売して大成功を収め、前述したアメリカのポケットブックスや日本の岩波新書など、世界中のペーパーバック本の在り方に大きな影響を与えることとなった。

ちなみに、ペンギンブックスの人気をさらに加速させることになったのは、第二次世界大戦の勃発である。若干意外な気もするが、一般に戦争というのは、読書習慣を根付かせる上で大きな役割を果たす。戦争中は歌舞音曲の類が御法度となるなど、娯楽が極端に制限されるため、活字の魅力が改めてクローズアップされるからである。また戦場に駆り出された兵士たちにしても、戦闘の合間の暇な時間を潰すのに本は重宝するのだ。そのため、第二次世界大戦中、イギリスでは書店の棚が払底するほど本が売れたのだが、とりわけ安価で軽く、持ち運びしやすいペンギンブックスは民間人の間でも、また兵士たちの間でも愛読された。特にペンギンブックスの縦長で小振りな判型は、イギリス軍の軍服のポケットにぴったり収まる大きさだったので、兵士たちの多くはポケットにペンギンブックスを一冊忍ばせて戦場に出ていったという。

そして戦後、ペンギンブックスを愛読することで読書習慣を身に付けた兵士たちが大挙して帰還してくると、本の市場、とりわけ彼らにとって読み慣れたペーパーバック本の市場は、一気に活気づくこととなる。一九五〇年代のイギリスでペーパーバック・ブームが生じたのには、こうした背景があったのだ。またそうであれば、ペンギンブックス社に対抗するライバル出版社が現れてくるのも当然で、「パン」「コルギ」「フォンタナ」「パンサー」「スフィア」「チェリーツリー」などのペーパーバック出版社が次々と市場参入を果たすこととなった。そしてこれら新興のペーパーバック出版社各社は、リプリントするための再版権を求めてハードカバー出版社に殺到したのである。

ではこの時代、ミルズ＆ブーン社にも多くのペーパーバック出版社が再版権を求めて殺到し、門前市を成したかと言うと……そうでもなかった。

何となれば、再版権が欲しくて仕方がない新興のペーパーバック出版社ですら、ミルズ＆ブーン社が出すようなロマンス小説の再版権を得ようというところは少なかったからである。実際、コルギ社が年に一、二冊、買い付けにきた程度で、ペンギンブックス社やパン社など、大手はどこもミルズ＆ブーン社の出版物には目もくれなかった。女性向けのロマンス小説など、出すだけ名折れ、というのが当時のイギリス出版界の通念だったのだ。

またそのことに加え、ミルズ＆ブーン社側も、ペーパーバック・ブームにあやかろうという強い意志は持っていなかった。いかに衰退の一途をたどっていたとはいえ、まだイギリスには貸本屋チェーンが残っていたし、そういう貸本屋チェーンと付き合いの深かった同社としては、二ペンスとか三ペンスという低料金でロマンス小説を借りられるというのに、わざわざ二シリング六ペンスのお金を出してまで、人はロマンス小説のペーパーバック版を買うものだろうか、という疑念を持っていたからである。要するにミルズ＆ブーン社が一九五〇年代のペーパーバック・ブームの波に完全に乗り遅れたのは、自分たち自身、自社製品のペーパーバック化に意義を見出せなかったからなのだ。

ハーレクイン社とミルズ&ブーン社の紳士協定

ところがこの状況は一九五七年に激変することになる。この年、ミルズ&ブーン社のもとにカナダから一通の手紙が届くのだ。そして「ハーレクイン社」という聞いたこともない名前の出版社から届いたその手紙には、ミルズ&ブーン社のロマンス小説をカナダでペーパーバック化したいので、そのための再版権を売ってくれ、という趣旨のことが書かれていた。

そう、本章冒頭に綴ったハーレクイン社とミルズ&ブーン社の提携がここで生じるのである。

この一通の手紙をきっかけとしてミルズ&ブーン社は、遅ればせながら、また若干他人任せなところもありながら、世のペーパーバック・ブームへの参入を果たすこととなる。そしてミルズ&ブーン社がハードカバー本として出版したロマンス小説を、ハーレクイン社がカナダでペーパーバック化して売り出すという両社の業務提携があまりにも成功してしまったために、ミルズ&ブーン社のその後の社史は、カナダのハーレクイン社の社史の中に否応なく組み込まれていくことになるのである。

【コラム】イギリスの貸本屋事情

本章では、一九三〇年代におけるミルズ&ブーン社の主要顧客が貸本屋であった、ということを述べたが、我が国で貸本屋なるものを見かけなくなって久しい今日、そもそも貸本屋とは何かということを、ここで簡単に説明しておいた方がいいかも知れない。

と言っても、貸本屋の定義自体は何ら難しいことはない。現代のレンタルDVD店と同様、年会費を支払って会員となれば、後は一定料金の下に好きな本を借りることができるというシステムである。

では、この貸本屋なるもの、イギリスではいつ頃から存在したのか。

イギリスにおける貸本業の歴史は一七二五年、アラン・ラムゼイなる詩人がエディンバラに貸本屋を開いたことに始まるとされ、十八世紀末までにはロンドンに二十六軒、イギリス全土ではおよそ一千軒もの貸本屋があったという。イギリス全土の貸本屋数に比して、首都ロンドンの貸本屋の数が妙に少ないように思えるが、これはもともと貸本屋が温泉地とか保養地のようなところに多く作られたためである。要するに心身の疲れや病（やまい）を癒すべく、大都市の喧騒を離れ、田舎の温泉地などに長逗留してゆったり過ごそうという時に、人は無聊（ぶりょう）を慰めるために当地の貸本屋で本を借りたのだ。

もっともイギリスの貸本業が本格的に盛んになるのは十九世紀の半ばあたりで、その当時イギリスで圧倒的な影響力を持っていた貸本屋は「ミューディ」というチェーン店。ここは一八四二年創業、蔵書数は七百五十万冊を誇り、会員数は最盛期で五万人、評判のいい小説なら一タイトルにつき一千五百部から二千五百部ほどを購入していたというから大がかりなものである。そしてこれに続く規模だったのが、鉄道駅の売店チェーンだったところから出発して、一八六〇年から貸本業に進出した「W・H・スミス」。その後一八九九年に「ブーツ」という大手薬局チェーンが貸本業に進出し、この三つがイギリスを代表する貸本屋チェーンとなっていった。薬局チェーンのブーツが貸本業に手を出していたというのも何だか妙な話だが、これは調剤を待っている間、客が貸本で時間を潰したらいいのではないかというのがもともとの発想だったらしい。もっとも後には「本は心の薬である」ということを謳い文句にしていたそうで、なかなかうまいことを言うものである。なおブーツ薬局では今日でも本を商品として扱っているが、薬と本の不思議な取り合わせの背後には、こういう歴史が隠されていたのだ。

ところで、そもそもなぜイギリスでこれほど貸本屋が栄えたのかと言うと、簡単に言えば、本の値段が高かったからである。もっともこれには「卵が先か、ニワトリが先か」的な面があり、逆に貸本屋が栄えていたから本の値段が高くなってしまったという説もある。

貸本屋では一度に借りられる本の冊数によって年会費が高くなるのが普通で、それゆえ貸本屋では一巻本よりも長大な三巻本の小説が歓迎された。三巻本だと、利用者は一度に三冊借りなければならず、貸本屋はそれだけ高い年会費を徴収することができたのだ。そこで貸本屋は出版社に対し、長大で、その分値段も高い三巻本ばかり出版することを要求した。

例えば十八世紀末頃、三巻本の値段は半ギニ（十シリング六ペンス）ほど。これは当時の労働者階級の一週間分の稼ぎと同じで、当然庶民がこれほど高い本を書店で買うことなどできるはずがない。となれば、それを読みたければ貸本屋で借りる以外ないわけで、貸本屋が当時の一般庶民の読書を支える機関となったのも頷けるだろう。何しろ十八世紀末の貸本屋は、年会費が普通会員で半ギニ（一度に借りられる冊数が多いプレミアム会員で三ギニ）ほどであったというから、個々の本を買うよりもはるかに安い料金で本を読むことができたのだ。

また出版社の方も三巻本を出版すれば貸本屋が大量に買い取ってくれるのがわかっているので、わざわざ短い小説を一巻本として出すような賭けは敢えてしない。ウォルター・スコットをはじめ、ウィリアム・サッカレーにせよ、チャールズ・ディケンズにせよ、はたまたトマス・ハーディにせよ、イギリス十九世紀を代表する文豪たちの作品がどれもこれもやたらに長大であることの理由の一つはここにある。またシャーロット・ブロンテの最初の小説『教授』は、なんと「短過ぎる」という理由で出版社から出版を断られており、

図４　「スカーバラの貸本屋」1813年
出典：高宮利行、原田範行『本と人の歴史事典』柏書房、1997年

それに発奮したことで、彼女は長編ロマンス小説の傑作『ジェイン・エア』（一八四七年）を書き上げたと言われているが、事ほど左様に貸本屋の影響というのは、出版社に対しても、読者に対しても、また作家に対しても大きかったのである。

ちなみに、十八世紀から二十世紀前半までイギリスにおける本の流通の主役であった貸本屋の顧客の多くは女性、とりわけ中流階級の若い女性たちだったという。事実、一八一三年頃のイギリス北東部の保養地スカーバラにあった貸本屋の内部を描写した風俗画（図４）を見ても、そこに大勢の女性客の姿が当然のように描かれていて、貸本屋から本を借りる女性が多かったことの傍証となっている。つまり貸本屋はイギリスの一般庶民の、とりわけ本をこよなく愛する女性たちの、味方だったのだ。

第一次世界大戦直後の経営危機を乗り越えたミルズ&ブーン社が、イギリス中の町々にある貸本屋チェーンとタイアップし、貸本屋を頻繁に訪れる女性顧客に、良質なロマンス小説を次から次へと提供することで業績の回復を果たしたのは、だから、きわめて真っ当な経営戦略だったのである。

第二章　ハーレクイン・ロマンス、アメリカへ進出

イギリス発カナダ経由

前章で述べたように、一九五七年の紳士協定により、ハーレクイン社はイギリスのミルズ&ブーン社が出版するロマンス小説をペーパーバック本として再刊し、「ハーレクイン・ロマンス」と銘打ってカナダで販売する業務を開始する。ミルズ&ブーン社ではこの両社の関係を「油田」と「掘削会社」に譬えていて、ミルズ&ブーン社という油田からふつふつと湧き出る膨大なロマンス小説群を、ハーレクイン社という掘削会社が掘り出して売る、とその役割分担を説明していたが、確かにこの譬えは両社の関係を的確に捉えていた。

とはいえ、両社の協働が始まってから一九六〇年代を通じて、ハーレクイン社はミルズ&ブーン社の油田から湧き出るすべてのロマンス小説を無作為にペーパーバック化していたわけではない。そこには当然、取捨選択があったのであって、ハーレクイン社としては自社の基準に合わせ、気に入ったものだけを選んでペーパーバック化し、カナダでの販売を行なっていたのだった。

ハーレクイン社がロマンス小説の選択にそれほど厳しかったのは、イギリスとカナダでは、ロマンス小説に対する読者の好みが異なっていたからである。事実、小説中のシチュエーションやシーンにおいて、イギリスの読者の間では許容されることが、カナダの読者の間では許されないということは多々あった。

例えば結婚の約束をする前にヒロインとヒーローが相互に同意してベッド・イン、などというシーンは、カナダ市場では不道徳と見なされた。もっともこの場合、「相互に同意して」という部分が不道徳なのであって、ヒロインへの思いが募るあまり、ヒーローが無理矢理ことに及ぶというシチュエーションならば、それはヒロイン側からすれば不可抗力なので許される（何で？）。とはいえ、どんな場合であっても露骨な描写を伴うベッドシーンはカナダでは御法度だし、ましてや不倫を描くロマンスなどというものは絶対に受けない。またヒロインに離婚歴があるという設定も論外である。ハーレクイン・ロマンスのヒロインたるもの、文字通り「まっさら」でないとダメなのだ。

要するにカナダのロマンス読者（女性読者）の方がイギリスのロマンス読者より、はるかに保守的で堅物なのである。だからミルズ＆ブーン社の出すロマンス小説の中でもそういった不道徳要因が少しでも含まれているものは、ハーレクイン社（つまりメアリー・ボニーキャッスル）のお眼鏡に適わず、ペーパーバック化されないということになる。ゆえにヴァイオレット・ウィンズピアとかリリアン・ウォレン、あるいはキャスリン・ブレアズといった作家の手になるちょっとエロティックなロマンスは、イギリスでは大受けなのに、カナダでは当分、日の目を見ることはなかった。

白衣のロマンス「ドクター・ナースもの」

その一方、ハーレクイン社が積極的にカナダ市場に導入しようとしたロマンス小説の一ジャンルがある。病院を舞台に医師と女性看護師の間で育まれる恋を描いたもので、一般に「ドクター・ナースもの」と呼ばれるロマンス小説がそれだ。一九五〇年代後半、イギリスでは『救急十番病棟』という病院を舞台にしたテレビドラマが大流行していて、医師という知的職業に従事するハンサムな男性へのロマンティックな空想が沸騰、ミルズ&ブーン社でも専属作家の尻を叩いて盛んにドクター・ナースものを書かせていた。

もっともイギリス本国におけるドクター・ナースものの人気は一九五〇年代末頃には一旦落ち着き、一時ほどのものではなくなっていたのだが、ハーレクイン社のメアリー・ボニーキャッスルとルース・パーマーは、二人揃ってこのドクター・ナースものが大好物。ハーレクイン社はミルズ&ブーン社との業務提携が決まるや、同社の過去の刊行リストの中からこの手のロマンス小説ばかりピックアップし、これをカナダでペーパーバック化していた。思い出していただきたいのだが、ハーレクイン・ロマンス第一号たる『ブワンボの病院』という作品からして、そのものずばりのドクター・ナースものである。ちなみに翌一九五八年には十六冊、五九年には三十四冊のミルズ&ブーン・ロマンスをハーレクイン社はペーパーバック化して出版しているが、これらのほぼすべてがドクター・ナースものだったのだから、ハーレクイン・ロマンスの歴史は「白衣のロマンス」から始まったと言ってよい。

アメリカ市場への進出

ドクター・ナースものの好調に気を良くしたハーレクイン社は、一九六三年、さらに大きな市場を目指して、ハーレクイン・ロマンスのアメリカでの販売を開始する。するとアメリカでも、ドクター・ナースもののロマンス小説はよく売れた。それもそのはず、六〇年代前半と言えば、アメリカでも『ベン・ケーシー』や『ドクター・キルデア』、さらに『ジェネラル・ホスピタル』といった病院もののテレビドラマが大人気で、白衣の医師を理想の恋人に仕立てたロマンス小説は、アメリカ市場においても女性たちの甘い想像力を掻き立てたのだ。

かくして一九六〇年代の十年間、ハーレクイン社はミルズ&ブーン社が刊行していたロマンス小説を一千タイトルほどペーパーバック化し、アメリカを含む北米大陸全域で販売し続けたのだが、これは平均すると月に八冊のペースで出版したことを意味する。新興の小出版社としては、かなりのハイペースである。しかもそのプリントランは大体一タイトルにつき三万部から四万部だったというから、これも相当なもの。もちろん売り上げ自体も好調で、ハーレクイン社はこれらロマンス小説のセールスによって経営基盤を固めることができたのだった。

一方、ハーレクイン社の好調ぶりは、同社にロマンス小説を提供しているミルズ&ブーン社の方にも多大なる恩恵を与えた。ハーレクイン・ロマンスが一冊売れれば、その見返りとしてミルズ&ブーン社と著者にそれぞれ一・四セントの印税が入る仕組みになっていたからである。そのため長年ミルズ&ブーン社の専属だったベティ・ビーティという作家は、まさか自分の作品がカナダでそれほど売れているとはつゆ知らず、突然九千ポンドもの印税を受け取って目を白黒させた、などという愉快な逸話も残っている。

さらにハーレクイン社との提携によって莫大な利益を上げ始めたミルズ&ブーン社は、他のロマンス出版社との競合にも勝利し、一九六〇年代にはロマンス出版大手の地位に君臨することになった。例えばイギリス出版界の名門「ウォード・ロック社」が、もはやミルズ&ブーン社には太刀打ちできないと見て、一九六八年に自社のロマンス小説部門を閉鎖していることなども、ミルズ&ブーン社の躍進ぶりを物語っている。またこのようにライバル出版社が市場から撤退するとなると、そこが抱えていた専属作家もその大半がミルズ&ブーン社に移籍するため、同社はさらに多くの売れっ子作家を擁することになり、そうなれば他社はますます太刀打ちできないことになるのだから、ミルズ&ブーン社とすればまさに笑いが止まらなかったに違いない。

要するに、ハーレクイン社とミルズ&ブーン社の提携は、双方にとって「ウィン・ウィン」

だったのだ。だからこそハーレクイン社では一九六四年以後、ミルズ&ブーン社以外の出版社が出した本をリプリントすることはなくなり、またミルズ&ブーン社の方でも自社の本の再版権をハーレクイン社以外の出版社に売ることはなくなった。ということはつまり、一九六四年の時点で事実上、両社とも完全な専属契約をしたことになるわけである。

洗剤を売るようにロマンス小説を売る——新社長W・L・ハイジーの登場

右に述べてきたように、一九六三年にアメリカ市場への進出を果たし、六四年からは完全にロマンス小説専門の出版社となったハーレクイン社は、北米地域全域でイギリス流のロマンス小説のペーパーバック本を売りまくることで、弱小出版社から中堅出版社へと大きな成長を遂げることとなったのだが、六八年、そんなハーレクイン社にもう一つの転機が訪れることになる。この年の八月、同社の創業者であるリチャード・ボニーキャッスルが亡くなったのである。彼は六十の齢(よわい)を超えてから飛行機の操縦をマスターしていたのだが、ある日、操縦を終えた直後に発作でポックリと……。さすが「極地探検家」の肩書を持つ創業者らしい最期であった。

ところで、こう言うと若干失礼になるかも知れないが、創業者の死はハーレクイン社にとってむしろ吉と出た。先に述べたように、リチャード・ボニーキャッスルという人は元来、ハーレクイン社の経営にはそれほど貢献してこなかったのだが、彼の死後、跡を継いだ息子のリチャード・ボニーキャッスル・ジュニアの新方針の下、同社はさらなる飛躍を遂げることになるからである。

おそらくリチャード・ボニーキャッスル・ジュニアという人は、自身のことも会社のこともよくわかっていたに違いない。彼は「ハーレクイン・ロマンス」というペーパーバック・ロマンス叢書がそれなりに世間の認知を受けるようになってきた今、会社経営の素人である自分が直接ハーレクイン社の舵取りをするより、経営のプロを探してきてその人に会社運営を任せた方がよいだろうという、実に賢明な判断をする。そして一九七一年、彼は社外からW・L・ハイジーという人物をヘッド・ハントし、この男を新社長の座に据えるのである。そして二代目のこの英断こそが、ハーレクイン社をもう一つ上の次元の大発展へと導くことになるのだ。

では、このハイジーという男は一体何者なのか?

W・L・ハイジーは、ハーバード大大学院（ビジネス・スクール）出身、ハーレクイン社に来る前はアメリカの有名な洗剤会社P&Gでマーケティング部の責任者を務めていた男。つまりハイジーは洗剤を売る会社の販売のプロだったのであって、そもそも出版畑の人ではない。そのためハイジーには「出版とはかくあるべし」というような肩肘張った思い込みもなければ、「本というのは、こういうふうに売るものだ」といった斯界（しかい）の常識の持ち合わせもなかった。ただ「モノ」を売ることに関してだけ、プロ中のプロだったのである。

そういう人物をヘッド・ハントして自分の会社の社長の座に据えたリチャード・ボニーキャッスル・ジュニアも、ある意味、思い切ったことをしたものだが、これにはハーレクイン社の側の事情があった。一九六三年からハーレクイン・ロマンスのアメリカでの販売をスタートさせた同社にとって、彼の地はますます重要性を増す市場となっていたのである。ゆえに、アメリカ市場にさらなる売り込みをかけるためには、アメリカ市場のことをよく知っている人物を社長に据えることが最優先課題であり、その意味でもアメリカの大企業でマーケティングをやっていたハイジーは、最適任者だったのだ。

ミルズ&ブーン社を傘下に

そして一九七一年に社長の座に座るやいなや、ハイジーはハーレクイン社の経営上の弱点が奈辺にあるかを徹底的に洗い出した。そしてその結果、たちまち自社の弱点を発見する。ハーレクイン社とミルズ&ブーン社の業務提携契約の曖昧(あいまい)さである。

先に述べたように、ミルズ&ブーン社とハーレクイン社の業務提携は一本の手紙から始まった。ミルズ&ブーン社のロマンス小説の再版権を譲って欲しいという趣旨の依頼を、リチャード・ボニーキャッスルの秘書、ルース・パーマーが認(したた)めた手紙である。そしてこれをきっかけにして両社の間に紳士協定が結ばれ、毎年一回、両社の首脳が昼食会を開き、来年も一緒にやっていきましょうという口約束を交わす、その「口約束」が両社の唯一の絆（きずな）だったわけである。

しかしハイジーから見れば、こんな素人っぽい絆で両社の結びつきが維持されていること自体、信じられないような状況だった。何となれば、もしハーレクイン社よりももっと有力な出版社が現れ、ミルズ&ブーン社に対してはるかにいい条件を提示して再版権を買い付けに来て、それをミルズ&ブーン社が承諾してしまったら、ハーレクイン社はたちまちその命の綱たるロマンス小説の供給源を失ってしまうことになるのだから。

実際、当時のミルズ&ブーン社は投資先として考えれば理想的だった。何しろ一九六九年には年間セールスが一千五百万部を突破し、翌七〇年には一千八百万部、七一年には二千五百万部となるなど、売り上げの点で絶好調をキープ。しかもこの年にはミルズ&ブーン社のロマンス小説は十四ヵ国語に翻訳され、海外への輸出も順調そのもの、トータルの純益は二十一万二千ポンドだったというから、イギリスでも数少ない家族経営の出版社としてこれは錚々（そうそう）たる実績と言ってよい。だから一九七一年にハイネマン社という大手出版社がミルズ&ブーン社に対して買収を持ちかけたのも、ある意味、当然のことだった。結局、ハイネマン社との合併の話はハイネマン社側の都合で流れたものの、ハーレクイン社のハイジーは、この件を聞いて冷や汗をかいたに違いない。

そこで新社長就任後間もない一九七二年、ハイジーは三百万カナダドル（百二十万ポンド）

という思い切った額を提示してミルズ&ブーン社の買収に乗り出す。ハーレクイン社とミルズ&ブーン社の間には、それまでどちらが主でどちらが従という上下関係はなかったとはいえ、創業の歴史から言っても、またミルズ&ブーン社がハードカバー本として出版したロマンス小説をハーレクイン社がカナダでペーパーバック化するという分業システムから言っても、傍から見ればミルズ&ブーン社が親会社、ハーレクイン社が子会社のように見える。その意味で、ハーレクイン社がミルズ&ブーン社を買収するというのは、言わば子会社が親会社を傘下に収めるかのごとき大胆な申し出であった。

ところがその大胆な申し出を、ミルズ&ブーン社は、これまたあっさり呑むのである。この申し出があった時、ミルズ&ブーン社の経営責任を負う二人、すなわちアラン・ブーンとジョン・ブーンはそれぞれ五十八歳と五十五歳。そろそろ引退を考えてもよい年齢に差し掛かっていた。そこへ持ってきてこの気前のいい申し出があったのだから、まさに渡りに船。二人は創業から六十年あまりが過ぎたミルズ&ブーン社の経営をハーレクイン社に託すことにし、自分たちはハーレクイン社の「社外重役」という閑職に納まったのだった。

かくしてハーレクイン社は、新社長W・L・ハイジーの指揮の下、同社の商品を生み出す「油田」たるミルズ&ブーン社を傘下に収め、より強固な協働体制を築いた上で、同社最大の顧客となった大市場アメリカに向け、さらなる大攻勢をかける準備を整えたのである。

男性読者中心だったアメリカ市場

ところでハーレクイン・ロマンスがアメリカ市場に参入し始めた一九六〇年代以前、アメリカにおけるペーパーバック市場は、非常に奇妙な状況にあった。極端な男性市場になっていたのだ。

序章で述べたようにアメリカにおけるペーパーバック本の歴史は、実はさほど古いものではなく、一九三九年にロバート・デグラフというニューヨークの出版者が作り出した一冊二十五セントの紙表紙の袖珍本、その名も「ポケットブックス」がその嚆矢とされている。ポケットブックスの登場は、それまで値段の高い嗜好品として一般庶民には縁遠いものであった本のイメージを払拭したという点で、アメリカ出版史における一つの革命として位置付けられているのだが、ポケットブックス以降、他社が相次いでこれと同様なペーパーバック叢書を創刊したこともあって、アメリカでは一九四〇年代から五〇年代にかけ、未曾有のペーパーバック・ブームを迎えていた。

しかし、ペーパーバック本がアメリカに定着し始めて間もない頃、値段の安さや表紙絵のけばけばしさ、また紙表紙の装幀そのものの脆弱さなどから、この種の廉価な紙装本はいまだ正規の「本」として認知されず、新聞や煙草などを売る街頭の簡易販売所（ニューススタンド）

で売られることが多かった。そのためペーパーバックというもの自体が、新聞や煙草と同様、主として男性向けの嗜好品のようなものと見なされ、実際、通勤途中の男性を主な顧客にしていた。

またそうした顧客層に合うように、当時ペーパーバック出版社各社が出していたのは、ミステリーやウェスタン、ハードボイルドな探偵小説、あるいはエロティックな小説など、どちらかといえば男性読者にアピールするようなジャンルの小説だった。そしてこの傾向は、一九六〇年代に入ってペーパーバック本の認知度が高まり、一般書店でもこれを扱うところが増えてきた後でも依然として続いていた。

つまりペーパーバック本という新興の大衆向けメディアには、当初女性読者層をターゲットにしようという発想がなかったのである。驚くべきことに、それは「女性読者」という、理論的には世の読者層の半数を占める大きなマーケットの存在を無視しながら発展してきたのだ。

そしてその長年無視され続けてきた未開の巨大市場（女性市場）に向けて、一九六三年、カナダからハーレクイン・ロマンスという女性向けペーパーバック・ロマンス叢書がどっと入ってきたのだから、アメリカ中の読書好きの女性たちが歓呼の声をもってこれを迎えたのも頷けるだろう。一九六五年の時点では年間六百万部のセールスだったハーレクイン・ロマンスが、毎年三五％の伸び率で売り上げを伸ばし、七七年にはついに一億部の大台に乗るところまで急成長を遂げていたことには、このような背景があったのだ。一九七五年以降、ハーレクイン社の出版物の七割がアメリカで販売されるようになったことも含め、「アメリカの女性読者」という鉱脈がいかに大きなものであったか、わかるというものである。

ロマンスの「製品化」

もっとも、ハーレクイン・ロマンスがアメリカにおいて多大なる成功を収めたのは、単に潜在的な消費者たる女性読者がそこに存在していたから、だけではない。ハーレクイン社の成功の鍵は、実は同社がロマンス小説というものを完全に製品化し、またそのマーケティングを徹底的に合理化しようとしたことにこそある。

ハーレクイン社の一連のマーケティング戦略は、まずロマンス小説の在り方を決定することから始まった。すなわち同社は、継続的な市場調査を行なうことによってロマンス小説の潜在的な読者像を年齢層や性別、職業、学歴などの見地から割り出し、そこで特定された読者が実際にどのようなロマンスを読みたがっているかを調べ、その結果を元にミルズ&ブーン社お得意の「上品で、ハッピー・エンド」なロマンス小説という特徴をさらに洗練させて、売れるロマンス小説の「公式」を完成させたのだ。

ではその公式とは何か、ということになるが、大まかに言えば「ヒロインがヒーローに出会い、二人は障害を乗り越えて恋に落ち、そして結婚する」ということに尽きる。と言うと、あまりにも当たり前過ぎて考察の対象にすらならないようにも思えるが、実はこの公式にはロマンス小説という文学ジャンルが伝統的に培ってきた「約束事」とも言うべきものが非常にコンパクトな形で内包されている。

読者よりも年下のヒロイン

例えばハーレクイン・ロマンスにおいて、すべてのストーリーがヒロインの視点から語られるということもその一つ。ヒロインがヒーローに出会うのであって、その逆ではないのだ。何しろハーレクイン・ロマンスの読者はほぼ女性に限定されており、その女性読者たちはヒロインに感情移入しながら本を読み進めるのだから、ヒロインの視点で物語が語られるようにすることは、その感情移入をしやすくするために絶対欠かせない条件なのである。

ではハーレクイン・ロマンスの公式からすると、視点となるべきヒロインは、どのような女性として描かれるのか。

まず重要なポイントは「若さ」である。ハーレクイン・ロマンスのヒロインは、二十歳そこそこの若い女性と相場が決まっている。ハーレクイン・ロマンスの標準的な読者は三十代とか四十代の既婚女性なので、そうした読者側の年齢層はヒロインのそれと比べるとかなり上、ということになるのだが、この年齢差こそが、実は非常に重要なポイントなのだ。

ヒロインより読者の方が年齢が上ということは、現在ヒロインが経験しつつある恋のトキメキ、あるいはそこから結婚に至るプロセスのすべてを、読者の方は既に経験しているということであり、その点、読者はヒロインより常に経験豊富ということになる。つまり読者はヒロインよりもはるかに恋のベテランなのだ。だから読者にはヒロインが置かれている恋愛状況が、ヒロイン以上に見通せることになる。それゆえ「ヒーローがああいうことを言ったのは、あなた（ヒロイン）のことが嫌いだからではなくて、関心があるからなの！　ガッカリすることなんかないのよ！」などとヒロインを励ましながら彼女の恋を応援できるのだ。そしてそれはまた、かつて自分が経験した甘く切ない恋の思い出をヒロインと共に追体験することでもある。ハーレクイン・ロマンスの読者というのは、まさにそういうものを求めてこれを読んでいるので、読者である女性たちがヒロインの状況と若かりし日の自分の体験とを重ね合わすことができるよう、ハーレクイン・ロマンスのヒロインは基本的に若くなければならないのだ。

「絶世の美女」より「かわいい女の子」

もっとも、ヒロインは単に若ければいいのかと言えば、そういうわけでもない。そこはそれ、ロマンス小説の主人公なのだから、ハーレクイン・ロマンスのヒロインはある程度かわいくなければならない。具体的に言えば、金髪で碧眼（へきがん）、小柄で華奢な体軀、そして目元のチャーミングなかわいい女性。しかし、だからと言ってかわい過ぎてもいけない。

ここが匙（さじ）加減の難しいところで、「誰が見ても絶世の美女」というのでは、ハーレクイン・ロマンスのヒロインは務まらない。と言うのも、ハーレクイン・ロマンスの読者はヒロインに自己投影しながら小説を読み進めるので、ヒロインがあまりにも美しいと、読者の側として自己投影しにくくなるからである。自分のことを「絶世の美女」だと思っている読者はそう多くないので、ヒロインをそのように描いてしまうと、読者がついてきてくれないのだ。とはいえ、女性なら誰だって人生のどこかの時点で、人から「かわいいね」の一言くらい言われた経験はあるものである。だから「かわいい」程度の言葉なら自分に当てはまる形容詞として容認できるので、ヒロインが「かわいい」女の子であるのはまったく問題がない。

ただし、ここがまた重要なところなのだが、ハーレクイン・ロマンスのヒロインは自分自身のかわいさを自覚していない。ましてや自分に性的な魅力があるとは思っていないし、その面で積極的でもない。この点は、小説のどこかで必ず登場する「ライバル女」と、鮮やかな対照を成す。ライバル女の多くが自分の美しさと性的魅力を自覚し、それを武器にしてヒーローに近づくのに対し、ヒロインはその点、圧倒的に奥手である。ただ、それはヒロインに性的魅力がまったくないという意味ではもちろんなく、本人がその点に気付いていないということである。ヒロインの性的魅力を発掘することは、ヒーローに託された仕事であり、またヒーローにとっての「役得」なのだ。

「深窓の令嬢」より「つましい職業婦人」

次に家柄の点について言うと、ハーレクイン・ロマンスのヒロインは、決して「深窓(しんそう)の令嬢」ではない。大抵はごく普通のOLであったり、秘書であったり、女友達と小さなショップを経営していたり、といったところ。一九六〇年代の「ドクター・ナースもの」全盛時代のハーレクイン・ロマンスでは、ヒロインはほぼ全員「看護師」と相場が決まっていたわけだが、いずれにせよハーレクインのヒロインたちは、基本的に「ごく平凡な、つましい職業婦人」である。これもまた先ほどの「ヒロインの容貌」と同じで、ヒロインをわざとどこにでもいる若い娘にすることで、一般の女性読者が感情移入しやすいようにしているのだ。

ただ、彼女たちには一つ共通する美点があって、それは彼女たちが一様に「いい性格」であるということ。ここで「いい性格」というのは、「優しい」とか「人好きがする」という意味も当然含むが、それらに加えて重要なのは「正義感がある」ということで、何か邪(よこしま)なこと、道徳的・倫理的に正しくないことに対しては毅然として勇敢に立ち向かうだけの「気の強さ」を持ち合わせていなければならない。何しろヒロインは言わば徒手空拳でヒーローと向かい合わなければならないのだから、正義感と気の強さは必須の勘所なのである。

高身長マッチョでイケメンなヒーロー像

さて、ここまでハーレクイン・ロマンスのヒロイン像について縷々説明してきたが、次にハーレクイン・ロマンスのヒーロー像についても若干の説明をしておこう。

ロマンス小説におけるヒロインは、女性読者が自己投影する器なので、ヒロインの造形が重要なのは当然である。しかしヒロインの恋愛対象となるヒーロー像の造形もまたそれと同様、非常に重要であることは言うを俟たない。何しろハーレクイン・ロマンスを読んでいる女性たち全員の心を等しく虜にしなければならないのだから、ハーレクイン社としてもそのヒーロー像については周到な作り込みをしている。

何はともあれ、外見から見ていこう。

ハーレクイン・ロマンスのヒーローは、ほぼ全員、見上げるほど背が高い。感じとしては百八十五センチから百九十五センチの間というところ。また当該の小説にヒーロー以外の男の登場人物がいる場合、とりわけその登場人物がヒロインに恋心を抱いている「ライバル男」である場合には、その男よりヒーローの方が背が高いということが必ずどこかに明記される。要するにハーレクイン・ロマンスのヒーローというのは、すべての登場人物の中で一番背が高い奴なのだ。しかも背が高いだけでなく、胸板も厚い。実質、ハーレクイン・ロマンスでは筋骨隆々のマッチョマンしかヒーローにはなれない。

一方、容貌について言えば、彼らの大半は肌の色浅黒く、瞳は黒、髪も黒ということになっている。さらにこうした体格・体色にふさわしく、顔つきもまた精悍で野性的、もちろんとんでもない美形である。人種的には金髪・碧眼のコーカサス系というのは意外に少なくて、黒目・黒髪のラテン系、見た目からして情熱的な感じの男が圧倒的多数。実際、ハーレクイン・ロマンスのヒーローは皆、血の気が多く、何かというとすぐ感情を爆発させる。しかもそんな風でいて頭脳の方もきわめて優秀。要するに天が二物を与えてしまった男なのだ。

アメリカ流「セルフメイド・マン」よりイギリス流「白馬に乗った騎士」

ハンサムで逞しく、野性的で頭もよい……と、これだけ揃えばもう十分なようなものだが、実はもう一つ、ハーレクイン・ロマンスのヒーローの条件として欠かせない条件がある。それは絶大なる経済力で、彼らの多くは超リッチな独立企業家という設定になっている。そうでない場合は、有能な医者とか弁護士など知的専門職であることが多く、いずれにせよ彼らは人に命令することはあっても、人から命令されることはない、という立場にある。しかもここが重要なところなのだが、彼らは自ら稼ぐ金の他に莫大な資産を親から受け継いでいることが多い。

ハーレクイン・ロマンスの世界では「自分で稼いだ金」ではなく、「遺産」こそが本物の資産と見なされているからである。ハーレクイン・ロマンスのヒーローは、アメリカ流の「セルフメイド・マン（独力で無一物から富を築き上げた人）」ではダメなので、あくまでもイギリス流の「白馬に乗った騎士」でなければならないのだ。

ところで、こうしたヒーロー像を頭に置いた上で確認しておかなくてはならないのは、ハーレクイン・ロマンスにおけるヒロインとヒーローの際立つ対比である。何しろヒロインが金髪・碧眼、小柄で華奢、どこにでもいそうな「ちょっとかわいい」タイプで、財産も何もないただの職業婦人であるのに対し、ヒーローは黒目・黒髪、長身マッチョ、しかも全知全能の超リッチ男なのだから。しかも二人の年齢差という問題もある。先にハーレクイン・ロマンスのヒロインというのは、基本的に二十歳そこそこの小娘だと述べたが、対するヒーローはそれよりもよっぽど年上で、二人の歳の差は平均して十二歳、言ってみれば大人と子供の差である。

つまりハーレクイン・ロマンスのヒロイン像／ヒーロー像の設定における重要なポイントは、二人が「釣り合わないカップル」である、というところにある。どう見ても釣り合わない二人、どう見ても出会いのなさそうな二人、どう見ても気が合わなそうな二人、そんな二人がなんと恋に落ちる！　というところがいいのであって、そこにハーレクイン・ロマンスのヒロイン像／ヒーロー像の設定の妙がある。

障害はロマンスの必須要素

さて、このようにヒロインとヒーローの設定が決まれば、あとは二人が出会って恋に落ちればよいわけだが、ハーレクイン・ロマンスの場合、この両者の最初の出会いは必ず不首尾なものに終わる。ヒーローは恋人として、あるいは結婚相手として、これ以上望むべくもない「ライトマン(理想的な結婚相手)」であり、かつ、平凡なヒロインからすれば怖ろしいほどの高嶺(たかね)の花であるにも拘らず、ヒロインは決して彼に一目惚れはしない。と言うのも、初対面の時にヒーローは大概、(意に反して)ヒロインに無礼な振る舞いをしたり、不当な意地悪をしたりするからだ。その結果、ヒロインは出会ったばかりのヒーローに対し、好意を抱くどころかむしろ嫌悪感を抱くことになる。

つまりハーレクイン・ロマンスにおけるヒーローは、本当はいい奴なのだけれども、見かけ上、嫌な奴に見える状態で——すなわちグリム童話『蛙の王様』における「蛙」、ボーモン夫人の『美女と野獣』における「野獣」のごとく、「醜いものに身をやつした王子(prince in disguise)」として登場するのが常なのだ。このように当初ヒーローがヒロインとの好意的な接触を拒むことに関しては、例えば幼少時に母の愛を知らずに育ったとか、歴代の恋人に裏切られ続けたとか、とにかく女性に対して潜在的な恐怖感を抱いているというような理由付けがなされることが多い。あるいは、あまりにも仕事に打ち込み過ぎて、ビジネス以外の領域で人間関係を作ることに臆病になっている場合もあるし、はたまたヒロインが環境問題に取り組む活動家で、一方のヒーローは環境破壊をしている大企業の社長である場合など、立場上の反目によってヒロインとヒーローが衝突するケースもある。とまあ、両者が互いに反発し合う理由はいかようにも作れるわけだが、こうしたお互いへの誤解や反目が障害となって、ヒロインとヒーローとの恋愛は簡単には始まらない。

それに加えて、ハーレクイン・ロマンスにはヒロインとヒーローの関係を悪化させる要素がもう一つある。「ライバル女」の存在である。このライバル女、金髪・碧眼のヒロインとは対照的に黒目・黒髪の絶世の美女で、見かけ上、ヒーローと釣り合うようなお嬢様タイプ。が、言うまでもなく性格は極端に悪い。おとぎ話で言えば「魔女」の役回りと言うべきか、ヒーローの目をくらまし、彼の心を自由に操る術を心得ていて、その術中にはまったヒーローは、彼女こそ自分にふさわしい女性であると固く思い込んでいる。それどころか、反発し合いながら少しずつヒーローに惹かれ始めているヒロインもまた、平凡な自分より彼女の方がよほどヒーローにふさわしいと思い込んでいたりする。そしてどう見てもヒロインには勝ち目のなさそうなこのライバル女の存在によって、ヒロインとヒーローがお互いの関係を改善するチャンスはさらに減ることになるのだ。

要するにヒロインとヒーローの恋路は、これら多種多様な障害によって徹底的に邪魔立てされるのである。

もっとも、一般的に言ってロマンス小説の醍醐味というのは、ヒロインとヒーローの恋路が平坦でないことにこそあるのであって、ハーレクイン・ロマンスの場合も、これらの各種障害によってヒロインとヒーローがなかなか結ばれないことが、後に続く二人の大恋愛と結婚への期待を高めるためのアペリティフとしての役目を担っていることは言うまでもない。

ただし、ハーレクイン・ロマンスには決して登場しない障害が一つだけある。親（特にヒロイン側の親）の反対である。シェイクスピアの『ロミオとジュリエット』を思い出しても明らかなように、恋愛小説においてヒロインとヒーローの結婚に親が口を出すと大抵悲劇になってしまう。あくまで「ハッピー・エンド」なロマンス小説であることに固執するハーレクイン・ロマンスとしては、悲劇的な結末を用意するような状況は絶対に避けたいところで、それゆえハーレクイン・ロマンスにはヒロインの恋愛や結婚に口を出す親というのは基本的に登場しない。ハーレクイン・ロマンスのヒロインの大半が孤児で、両親が大概、交通事故死したことになっているのはそのためである。まあ、いかに娘の幸せのためとはいえ、揃いも揃って交通事故死しなければならないのだから、ハーレクイン・ロマンスのヒロインの両親は、ある意味、大変なのだ。

ハッピー・エンドの結末

そして、こうした各種障害のために遅延を余儀なくされるものの、物語の最後を飾るのはもちろん、ヒロインとヒーローの「愛の自覚」である。物語が進行するにつれ、先に登場したライバル女がヒーローの資産だけが目当てのとんでもない悪女だったということが明らかになり、そしてそれを知ったヒーローは、自分のことを本当に思ってくれていたのはヒロインであったことに気付いて激しく改悛（かいしゅん）する。そして間髪を容れずに恭しく跪（ひざまず）いてヒロインに求婚、ヒロインも幸福の絶頂の中でこの申し出を受け容れ、二人はめでたく結婚しましたとさ、というところで小説は幕を閉じる。無論、ヒーローとの結婚によって、ヒロインはつましい一労働者としての身分に別れを告げ、ヒーローが所属する上流階級へと一夜にして上り詰めるだけでなく、経済的にも何一つ不自由ない暮らしが彼女を待つことになるのは言うまでもない。まさに圧倒的なハッピー・エンドである。そしてこの社会的・経済的身分の急上昇を伴う圧倒的なハッピー・エンドこそ、ハーレクイン・ロマンスが読者に約束しているものなのだ。だからこそ読者はヒロインとヒーローのすれ違いにやきもきしつつ、それでも最終的にはこの二人が結婚するに決まっているという安心感をもって物語を読み進めることができるのであって、このヒロインとヒーローによる幸福なる結婚という大団円は、ハーレクイン・ロマンスの公式の中でも最大の大前提、鉄の掟と言っていい。

そしてこの絶対的な安心感をさらに高めるのは、ハーレクイン・ロマンスがヒロインとヒーローの結婚が決まった直後に必ず幕を閉じるということである。

ハーレクイン・ロマンスでは「結婚」をヒロインの人生にとっての幸福の頂点と位置付けていて、だから結婚した先、ヒロインがどうなるかということには一切関心を持っていないし、また関心を持つだけの紙幅の余裕もない。原則としてハーレクイン・ロマンスは、印刷コストの要請上（ペーパーバック本は三十二ページの倍数で総ページ数を組むと印刷用紙の無駄がない）、一律百九十二ページに収まるように組版されているので、ヒロインとヒーローの結婚後のことまで構っていられないのだ。しかし、そのような制約があるゆえに、読者は幸福の頂点にいるヒロインの姿を目に焼き付けたところで、至福の読書体験を終えることになるのである。

ハーレクイン・ロマンスの三条件

さて、ハーレクイン社が定めたロマンス小説の「公式」というのは、概ね右に述べてきたようなものであるわけだが、こうしてみるとハーレクイン・ロマンスというのは、わずか百九十二ページの薄い本の中で、ヒロインが精神的な勝利（ごく平凡なヒロインが、内面の美しさと愛の力によって、高嶺の花の男性を跪かせる）と世俗的な勝利（ヒーローとの結婚によって、ヒロインの社会的・経済的地位が上昇する）を二つながら我がものにするという夢のような体験を、ヒロインの目線で――ということはつまり、ヒロインに自己投影している読者当人の目線で――経験することができるようになっているのだから、実によく考えられたものなのである。

ちなみに今述べた三つの条件、すなわち「ヒロインの視点から物語が語られること」、「ヒロインが内面の美しさによって高嶺の花のヒーローの心を捉えること」、そして「ヒーローとの幸福な結婚により、ヒロインの社会的・経済的地位が上昇すること」の三条件こそ、実は、「ロマンス小説」なるものの要諦であり、これが揃うか揃わないかによって、それを「ロマンス小説」と呼べるか呼べないかが決まってくる。例えばエミリー・ブロンテの『嵐が丘』（一八四七年）やマーガレット・ミッチェルの『風と共に去りぬ』（一九三六年）、あるいはエリック・シーガルの『ラブ・ストーリィ』（一九七〇年）などの諸作品は、ヒロインとヒーローが最終的に結婚に至らなかったり、結婚したとしても悲劇的な結末に終わるという点で、「恋愛小説」ではあっても「ロマンス小説」とは呼べない。逆にダフネ・デュ・モーリアの『レベッカ』（一九三八年）のように変則的ではあっても三条件がすべて揃っている作品は、「ロマンス小説」として立派に通用する。そのように考えるとハーレクイン・ブランドの膨大な小説群は、「女性が読めば絶対楽しくなるロマンス小説の三条件」を三つながらにクリアしているのだから、どれも皆、紛う方なきロマンス小説なのであって、「公式」通りのワンパターンぶりは、むしろ完全無欠なロマンス小説の証と言っていい。

ロマンス小説のマクドナルド化

ただ、このハーレクイン・ロマンスの「公式」がロマンス小説の構成法として非常に優れたものであることは、ある意味で危険なことでもあった。と言うのも、ハーレクイン・ロマンスのすべての作品がこの公式通りに作られるとすれば、それらは皆よくできたロマンス小説には仕上がるかも知れないが、その反面、個々の作品の独自性は極端に薄れ、どの作品も文字通り型にはまった画一的なロマンスになることは確実だからである。実際、ハーレクイン・ロマンスは人間が書いているのではなく、コンピュータが主人公の名前やストーリー展開などを適当に組み合わせて書いているのではないか、というデマが昔から囁かれているほどなのだ。つまり右に述べた公式は、ハーレクイン・ロマンスの魅力を作り出す原動力であると同時に、それを損なうものにもなり得るのである。となれば、毎月大量の新刊を刊行することで採算を取らなければならない廉価なペーパーバック叢書であるハーレクイン・ロマンスにとって、公式がもたらす画一化のジレンマにいかに対処するかは、大きな問題であったはず……なのだが、ハーレクイン社の最も画期的なところは、実のところ、同社がこの画一化の問題を肯定的に捉え、敢えてこのジレンマを無視したことにこそあった。ハーレクイン社では、ロマンス小説という特殊な文学ジャンルにおいては、筋書きが画一的であることがハンデにならないどころか、ハーレクイン・ロマンスのどれを買っても内容はほぼ同じであると読者に思わせた方が、出版ビジネスの観点からはむしろ得策であると考えたのである。つまり、「ハーレクイン・ロマンスはどれも同じであるから、読者はすぐに飽きて買わなくなるであろう」ではなく、「どれも同じであるから、それを好む読者は安心して継続的に買っていくであろう」と、先のジレンマを読み替えたところに、ハーレクイン・ロマンスのコロンブスの卵があった。まさに「ロマンス小説のマクドナルド化」である。

そしてこの「画一的なロマンスを売る」というハーレクイン社の経営方針は、新社長W・L・ハイジーが発した「我々は、石鹸やスープを売るのと同じように本を売る（"We sell the books like soap or soup."）」という短いフレーズの中に、言わば確信犯的な形で公にされたのであった。ボニーキャッスル一族から社の経営を任されたハイジーは、自社のロマンス小説をあたかもP&G社の主力商品である石鹸や洗剤のように、品質が徹底的に管理された一種の「製品」に仕立てようとしたのである。そしてこの製品化がいかに徹底して行なわれたかは、毎月刊行される夥しい新刊ハーレクイン・ロマンスの中で、最も売れる作品と最も売れない作品のシェアの差がわずか二%に収まっていたという事実からも確認することができる。画一化の道を選んだハーレクイン・ロマンスは、作者の名前であるとか、個々の作品の内容の善し悪しではなく、「ハーレクイン」というブランドとして消費者（読者）に選ばれるようになったのである。

そして一つのブランドとなったハーレクイン・ロマンスは、ついに販売促進用のテレビ・コマーシャルを作ることさえ可能となった。一九七四年に同社がアメリカやカナダの大都市で最初にテレビ・コマーシャルを放映を行なった時は、小説本のテレビ・コマーシャルというもの自体が非常に珍しかったこともあって、コマーシャルを放映した地区の売り上げの伸び率は八〇%近くに達したという。またこの他にも街頭でハーレクイン・ロマンスを無料配布したり、あるいは洗剤や化粧品など、女性が購入するような製品にハーレクイン・ロマンスをおまけとして付けるなど、それまで本の販売にはあまり行なわれてこなかった「サンプリング」というマーケティング手法も積極的に試みられた。さらに販売網に関してはハーレクイン・ロマンス販売用の専用ラック（通称「愛の巣（love-nest）」）を全米各地のスーパーマーケットに置くなどして、書店以外での販売網の整備に取り組んだ他、メール・オーダーによる販売にも力を入れた。特にメール・オーダーでの販売は成功したと言われるが、作品の出来に差がないため、読者は試し読みをせずとも安心してハーレクイン・ロマンスを注文できたのである。そしてこれら一連のマーケティング戦略の成功により、一九七〇年代末には年間売り上げが一億部を優に超え、アメリカのペーパーバック市場におけるハーレクイン・ロマンスのシェアは一〇%（ロマンス市場に限れば八〇%!)に達したのだから、ハーレクイン社はまさに「ロマンス工場」と呼ぶにふさわしい規模に成長したと言ってよい。

かくしてハーレクイン社は、もともとミルズ&ブーン社のロマンス叢書のトレード・マークであった「上品で、ハッピー・エンド」なロマンス小説を、完全に均質的な「製品」となるまでに商品化し、絶対に期待を裏切らないシンデレラ・ストーリーを女性読者(だけ)に売るという道を選んで大成功を収めたのである。

空前のブーム

しかしアメリカ大衆文学出版史の観点から見て重要なのは、ハーレクイン・ロマンスがアメリカ進出に成功したことよりむしろ、ハーレクイン・ロマンスの成功によって、「ロマンス小説」という文学ジャンルそのものが活性化したことである。機を見るに敏なアメリカのペーパーバック出版社各社が、ハーレクイン・ロマンスの人気に便乗して次々とロマンス小説を出版し始めたため、一九七〇年代以降、アメリカに空前のロマンス小説ブームが到来することとなったのだ。

例えばそのロマンス小説ブーム到来の兆候に最も素早く対応したのはアメリカのペーパーバック出版社大手のエイヴォン社で、同社は一九七二年にキャスリーン・ウッディウィスの『炎と花』という大ベストセラーを出版し、「歴史ロマンス」と呼ばれるジャンルに先鞭をつけることとなった。しかもこの作品はハーレクイン・ロマンスとは異なって大胆な性描写が取り入れられていたため、これが先例となって、俗に「ボディス・リッパー（bodice ripper、敢えて訳すとすれば「下着引き裂き系ロマンス小説」）」と呼ばれる女性向けエロティック・ヒストリカル・ロマンスの流行を生み出す契機にもなっている。また一九七〇年代には他にもバンタムブックス社の「レッド・ローズ・ロマンス」、ニュー・アメリカン・ライブラリー社の「レインボー・ロマンス」、フォーセット社の「ハミルトンハウス・ロマンス」などの叢書が相次いで創刊され、アメリカのペーパーバック出版社の大手が軒並みこのジャンルに参入した他、八〇年にデル社が「キャンドルライト・エクスタシー・ロマンス」を創刊したことがきっかけとなって、「歴史ロマンス」に対抗する「現代ものエロティック・ロマンス」の流行も始まっている。

このように、一九七〇年代から八〇年代にかけ、様々なペーパーバック出版社がシリーズもの、単発ものを問わず各種のロマンス小説を出版し始めた結果、この種の大衆向けロマンス小説がアメリカのペーパーバック市場に占める割合はついに四〇%に及んだというのだから、大衆文学のレベルではこの時期のアメリカにおいて、空前の規模でロマンス小説ブームが起こっていたと言っていい。

ハーレクイン社がイギリスから持ち帰った一輪の美しいバラ（ミルズ&ブーン社のトレード・

マークは「一輪のバラ」）は、異国アメリカの地にしっかりと根付き、ここを百花繚乱のバラ園に——すなわち、色とりどりのロマンス小説が咲き誇るロマンティック大国に——変えたのである。

【コラム】表紙イラストに描かれたヒーローとヒロイン

一般に本の表紙絵というのは当該の本にとってきわめて重要なものであって、レコードの世界で「ジャケ買い」という言葉があるように、本の世界でも表紙絵の善し悪しがその本の売れ行きを大きく左右するところがある。

ハーレクイン・ロマンスとて事情は同じである。何しろこれはロマンス小説なのだから、本の中に描かれているであろう魅惑のロマンス世界の、その片鱗でも想像できないような表紙絵ではダメなのだ。ということはつまり、ハーレクイン・ロマンスの表紙絵たるもの、その中身と同様、甘いものでなければならないということである。

問題は、その「甘さ」をどう表現するかだ。

初期から一九七〇年代前半までのハーレクイン・ロマンスの表紙絵は、その甘さの表現をヒロイン一人に託した。表紙の前面に当該小説のヒロインの顔を大アップで描き、その背景に小さくヒーローの姿を描き込むというスタイル。図5に示したのは、この時期のハーレクイン・ロマンスを代表する表紙絵画家バーナード・スミスの手になるものだが、この種の表紙絵がそれを見る者に

図5　『ブライド・イン・ウェイティング』1971年

伝えているメッセージは、おそらく「この小説の主役はあくまでもヒロインであって、ヒーローは端役に過ぎません」というものであろう。確かにここに描かれたヒロインの目は、生身の男に惚れた女の目というよりは、「恋に恋する女」のそれであり、そのうっとりとした視線は背後に小さく描かれたヒーローの方に向けられてすらいない。

ところが、一九七〇代後半になると、こうしたヒロインの独り相撲には終止符が打たれ、ヒーローがぐっと前の方に出てきて、ヒロインと対等の立場で描かれるようになる（図6）。ヒロインとヒーローの間にある互いへの好意は、もはや隠しようもない。どうやら二人は恋に落ちたようだ。

図6　『スプリング・ガール』1979年

図7　『コーポレート・レディー』1984年

その後一九八〇年代半ばに入ると、表紙絵に描かれたヒロインとヒーローは、情熱に火がつき過ぎて周囲の目を忘れる。二人はがっぷり四つに組んで、もはや一時たりとも離れられない様子。ひょっとしてこのまま、事が始まってしまうんじゃないかと心配になるほどである（図7）。ちなみに、このような男女の情熱的な抱擁を描いた表紙絵のことを、業界では「クリンチ」と呼ぶ。ボクサー同士が試合中に成り行きで抱き合ってしまう、アレである。そしてこのクリンチ図像こそ、ハーレクイン・ロマンスの典型的な表紙絵として、今や一種のトレード・マークともなっているものなのだ。

ところでこのクリンチ図像、よく見るとそこに一定のルールがあることがわかる。ヒロインとヒーローの髪の色が対照的なものになっているのだ。ヒロインが金髪ならばヒーローは黒髪だし、逆にヒロインがブルネットならばヒーローはブロンド。若干の例外はあるものの、この対比はかなり顕著である。

思うに、おそらくブロンド（金髪）は「理性」の象徴、ブルネット（黒髪）は「情熱」の象徴なのだろう。そしてヒロインとヒーローがこの正反対の性質を分け合うがゆえに、磁石のプラス極とマイナス極が強く引きつけ合うがごとく、互いを惹き付けることになる、ということなのではないだろうか。情熱と情熱の対面では暑苦しいし、理性と理性の組み合わせでは熱がなさ過ぎる。情熱と理性の組み合わせだから丁度いい、ということなのだろう——あるいは、理性が情熱に屈する瞬間こそロマンス小説の醍醐味、と言うべきか。

もっとも、ハーレクイン・ロマンスの表紙絵に限らず、この文学ジャンル全般に特徴的な甘い表紙絵を、気恥ずかしいと感じる女性ファンも一部には存在する。事実、二〇〇二年に出版されたジュード・デヴローの『サマーハウス』という作品は、同じ著者の前作と比較して三五％も売り上げを伸ばし、『ニューヨーク・タイムズ』紙のベストセラー・リストでもマス・マーケット部門の第二位に輝くほどの成功を収めたが、出版元であるポケットブックス社はこの本の成功について「パッケージング戦略が功を奏した」とコメントしている。つまり表紙絵にクリンチ図像がなく、女性がこの本をレジに持っていっても恥ずかしくない、というところが売り上げに貢献したというのである（図8）。

クリンチ図像を取り下げることで本が売れるというのなら、ハーレクイン・ロマンスでもそうすればいいような気もする。しかし、ハーレクイン・ロマンスが伝統のクリンチ図像を放棄することは、多分ない。クリンチ図像の付いた本を買うのを恥ずかしいと思う女性がいる反面、大多数のハーレクイン・ロマンス・ファンにとって、この種の表紙絵を眺めてその中身を想像する楽しみは捨てがたいし、毎月沢山発行されるハーレクイン・ロマンスのうち、どれを買うかの選択の際、表紙絵が果たす役割は案外大きいのだ。その辺のことは、ティーン・エイジャーになった男の子が良からぬ雑誌を買う時と似たようなものである。

図8　『サマーハウス』2002年

かくしてハーレクイン・ロマンスならではの（写真ではなく手書きの絵として描かれた）あのクリンチ図像は、今日も本屋の片隅のラックの中で、女性顧客の来訪を密かに待っているのである。

第三章　ロマンス小説を生み出した十八世紀イギリス

ロマンス小説の元祖『パミラ』

前章において、ロマンス小説なるものには、女性読者を必ずいい気分にさせる三つの条件、すなわち「ヒロインの視点から物語が語られること」、「ヒロインが内面の美しさによって高嶺の花のヒーローの心を捉えること」、そして「ヒーローとの幸福な結婚により、ヒロインの社会的・経済的地位が上昇すること」の三条件が備わっているものだ、ということを述べたが、それではこの三条件を満たした最初の作品、すなわちロマンス小説の元祖とも言うべき作品は何か、またそれはいつ頃書かれたのか。本章では歴史をぐっと遡り、ロマンス小説なるものの誕生経緯について見ていこう。

一般に英語圏におけるロマンス小説の歴史は、一七四〇年にイギリス人のサミュエル・リチャードソンが書いた書簡体小説、『パミラ』に始まるとされている。

『パミラ』の主人公であるパミラ・アンドリューズは、貴族（地主）階級の老婦人に仕える十六歳の若き侍女。だが、仕えていた老婦人が亡くなったことで、彼女の運命は一変する。老婦人の子息であるB氏の侍女として引き続き雇ってもらえることになったものの、このB氏がパミラに良からぬ思いを抱いていて、彼女に執拗に性的ハラスメントを仕掛けてくるのだ。パミラが一人でいるところを見計らって優しい言葉で近づいては抱きすくめたり、キスしようとしたり、果ては別宅に監禁して愛人にしようとしてみたり……。パミラはその身に降りかかった災難の仔細を両親宛ての手紙に綴り、またB氏によって手紙のやり取りを阻止されてからは事の次第を日記に綴る。そう、本作が「書簡体小説」と呼ばれるのは、ストーリーのすべてが、パミラの綴る手紙（及び日記）によって読者の前に明らかにされるからなのだ。

だがそうした苦境にも拘らず、聡明なパミラは口八丁手八丁、機知に溢れたあの手この手で誘惑者の悪い試みを挫き、あくまで自身の貞操を守り続ける。そしてパミラの手紙を盗み読んで彼女の聡明さを知り、若さに似合わぬ堅い貞操観に心打たれたB氏は、己の行ないを改め、逆に理想的な求婚者となってパミラを正室として迎え入れる。

かくしてパミラは侍女の身分から一転、貴族の妻の座を射止めるのだが、彼女の苦難はここでは終わらない。身分違いの結婚ゆえに、B氏の姉で気位の高いデイヴァーズ夫人から心ない中傷を受けるのである。しかし、パミラはそうしたことにも毅然として耐え、B氏の妻としての矜持（きょうじ）を保ち続ける。そしてそうしたパミラの凜とした心がけはついにデイヴァーズ夫人も認めるところとなり、B氏の妻としての身分が誰からも寿がれるものとなったところで物語の幕は閉じる。

と、このように『パミラ』の筋書きを見ていくと、この小説が「ロマンス小説の三条件」をすべて満たしていることは明らかだろう。

何しろ本作は「若い娘が書いた書簡集」という体裁であるからして、そこに書かれていることはすべてパミラが体験したことを彼女自身の立場で解釈し、文章化したものということになる。となると、『パミラ』という小説はこの時点で既にロマンス小説の三条件の一つ、「ヒロインの視点から物語が語られること」をクリアしてしまうのだ。また本作におけるパミラとB氏との恋愛は、B氏自身の邪な欲望によってなかなか始まらないのだが、やがてB氏はパミラの内面の美しさに気付き（実際、彼女の美しい容姿のおかげで私は彼女の恋人になりましたが、彼女が僕の妻になったのは、その心ばえのためなのですよ）、また己の過ちを反省してパミラに正式にプロポーズをするのであって、ロマンス小説の条件の二番目、「ヒロインが内面の美しさによって高嶺の花のヒーローの心を捉えること」もクリアする。そして本作において侍女（奉公人）という低い社会的地位にあったパミラの身分は、B氏との結婚に伴い、B氏の所属する貴族（地主）階級へと上昇することになるのだから、ロマンス小説の条件の三つ目、「ヒーローとの幸福な結婚により、ヒロインの社会的・経済的地位が上昇すること」もクリアしている。つまり、『パミラ』という書簡体小説は、女性読者を喜ばせずにはおかない「ロマンス小説の三条件」をすべて満たした、正真正銘のロマンス小説なのだ。

男の恋の物語から、女の恋の物語へ

　ところで、イギリス文学史の文脈で言えば、『パミラ』という小説はイギリス初のロマンス小説であるばかりでなく、そもそも「近代小説」なるものの祖という位置付けにある。イギリスでは十八世紀に入ってからようやく、平易な散文で書かれた（ということはつまり、一般庶民にも読みやすい）物語としての「小説」が誕生したのであって、それ以前、文学の主流と言えば韻文で格調高く書かれた（つまり一般庶民からすると小難しい）「詩」だった。イギリス十八世紀というのは、平易な英語で書かれた小説の人気が高まったことで、文学なるものが庶民にも親しみやすいものになった初めての時代、譬えて言えば「北町奉行・遠山左衛門之尉」が公事場から降りてきて「遊び人の金さん」に変じるがごとく、お高くとまっていた「文学」が町人のものになった時代なのだ。『パミラ』という小説は、庶民向け文学（小説）のハシリだったのである。

　だが、『パミラ』の斬新さはそれだけではない。『パミラ』と並んで「イギリス近代小説の祖」と称されるダニエル・デフォーの『ロビンソン・クルーソー』とジョナサン・スウィフトの『ガリヴァー旅行記』が、どちらも「男が外の世界へ出かけていく（非現実的な）アウトドア小説」であるのに対し、『パミラ』だけが非アウトドアな、そして徹頭徹尾リアルな女性の日常を描いた「恋愛小説」なのだ。となれば、散文小説によって文学の面白さに目覚めた新興読者層の中でも特に女性読者は、『ロビンソン・クルーソー』や『ガリヴァー旅行記』を差し置いて、何はともあれ『パミラ』に殺到したであろうことは容易に想像できる。

しかも『パミラ』という小説は、ヒロインが身分の高いヒーローと結婚して幸福になる物語であって、ヒロインに自己投影しながら本書を読み進めている女性読者からすれば非常に心地よい物語であるわけだが、『パミラ』より前に存在したイギリスの恋愛物語というのは、概してそういうものではなかった。『パミラ』以前、イギリスでよく読まれていた恋愛物語は、「恋愛することによって主人公がむしろ不幸になる」といった筋書きのものが主流だったのだ。

一番わかりやすい例は、『アーサー王の死』だろう。五世紀後半から六世紀にかけて実在したとも言われるブリトン国王アーサーにまつわる諸伝説をサー・トーマス・マロリーがまとめ、それをイギリス活版印刷の祖であるウィリアム・キャクストンが一四八五年に出版したことでイギリス中に流布したこの伝説集は、十九世紀の詩人アルフレッド・テニスンらによるリバイバルを経て、今日に至るまでイギリス人の想像力の源泉となっていて、その息の長い影響力は、例えば近年の人気イギリス映画『キングスマン』シリーズなどにも明らかに見て取れるものであるが、そんなアーサー王伝説の中でも特に人気のあるエピソードとして二つの恋愛物語がある。すなわちアーサー王の妃(きさき)グウィネヴィアとアーサー王の部下にして円卓の騎士ラーンスロットとの恋、そして同じく円卓の騎士トリストラムとマーク王王妃イソウドとの恋を描いた物語がそれである。この二つの恋愛物語に代表される「宮廷風恋愛物語（アムール・クルトワ）」の場合、『パミラ』とは逆に、ヒロインの方がヒーローより身分が高いのが常。しかもヒロインは王妃で、ヒーローである騎士は王妃の夫（王）の家来であったり、甥であったりするのだから、この種の恋愛物語で描かれる恋というのは、元から実らぬことが運命づけられているような「禁断の恋」なのである。そしてその実らぬ恋のためにヒーローは主君に睨まれたり、発狂したり、果ては主君と剣を交えることにもなる。まさにヒーローにとって恋は身の破滅を招きかねない危険なものなのだが、憧れの貴婦人（ヒロイン）のためには、騎士（ヒーロー）たちは己の身の破滅をも辞さないのであって、つまりはそれが「騎士道」なのだ。宮廷風恋愛物語の別名が「騎士道風恋愛物語」である所以（ゆえん）はここにある。

　要するに『パミラ』以前に人気があった「宮廷風恋愛物語」群の多くは、ヒロインより身分の低いヒーローを主役にした「男の恋の物語」であって、しかもそれは幸福な結婚を前提としない悲恋ものばかりだったのである。「ヒーローが実るはずのない恋心を高貴なるヒロインに対して抱き続ける」というのがイギリス伝統の恋愛物語のルールだったことは、かのシェイクスピアの『ソネット集』の中の「ダーク・レディー」編（百二十七番から百五十二番）からも窺える。風体の冴えない中年男性が、若い燕と浮き名を流してばかりいるつれない愛人女性への恨み辛みを歌ったこの一連の詩群は、だから、イギリス文学史の文脈の中では非常に正統な唄なのである。

そして、イギリスの恋愛物語とは元来こういうものであったということを踏まえてみれば、十八世紀半ばに登場した『パミラ』が描くところのロマンス小説、すなわち庶民的なヒロインが高貴なる男性の心を射止めるという内容のハッピー・エンドな「女の恋の物語」が、いかに従来のイギリス文学の伝統から外れた、突然変異的なまでに斬新なものであったかが理解できるのではないだろうか。

貴族階級の没落とブルジョア階級の勃興

ところで、『パミラ』のように、ヒロインが身分の高いヒーローと結婚するという内容の小説が十八世紀半ばのイギリスで書かれたことには、それ相応の理由があった。この頃のイギリスは、貴族階級が没落し始める一方、裕福な商人などのブルジョア階級が台頭してきた下克上の時代でもあり、そうした社会の趨勢(すうせい)を背景として、実際に平民の娘が上流階級の男性と結婚するという「玉の輿婚」が頻繁に行なわれるようになってきたのだ。

そうしたイギリス社会の変動の傍証としてしばしば引用されるものの一つに、イギリス諷刺(ふうし)画の先駆者と言われるウィリアム・ホガースの代表作、『当世風の結婚』という連作諷刺画がある。『パミラ』の出版が一七四〇年、ホガースのこの作品が一七四三－四五年の発表であることから、両者はまったく同時代の作品と言うことができるのだが、この連作諷刺画には、金に困った貴族が裕福な商人階級の娘を嫁に取ることで当面必要な金の工面をする、そんな「政略結婚」の様子が描かれている。動機はいささか不純なものであるわけだが、とにかく、平民の娘が上流階級の男性から求婚されるということが、十八世紀半ばという時代には「当世風」だったのである。

もっともホガースの諷刺画の毒は、「身分違いの結婚」というところにあるのであって、「政略結婚」自体を諷刺したものではない。というのは、十八世紀初頭までのイギリスでは、政略結婚（親の決めた結婚）の方が当たり前だったからである。

事実、イギリス最初のフェミニズム理論家と呼ばれるメアリー・アステルによって一七〇〇年に書かれた『結婚について』という本によると、当時男性が結婚を決意する主たる理由は「親族を喜ばすため」「財産を殖やすため」「義務を果たすため」であったという。そしてそれに付け加えるように、「その珍しさのために世間を驚かすことになろうが、愛のため」に結婚する場合もある、とあるのだから、十八世紀初頭のイギリスでは親同士の決めた結婚の方が普通で、男と女が「愛のために」結婚すると世間の耳目（じもく）を惹くことになったのだ。

そうした状況を踏まえた上で、改めてホガースの『当世風の結婚』とリチャードソンの『パミラ』を比べると、『パミラ』の方がよほど驚くべきものであったことがわかる。何となれば、ホガースの『当世風の結婚』は、上流階級だけれどもお金のない男が、金目当てで平民の娘と政略結婚するというテーマであったのに対し、リチャードソンの『パミラ』の場合は、上流階級として地位もお金もある男が、貧しい平民の娘と結婚する話なのだから。『パミラ』のパミラとB氏は愛のために結婚したのであって、二人の結婚は政略結婚ではなく恋愛結婚だったのだ。これは当時としては、それこそビックリものである。

恋愛結婚と「駆け落ち」の流行

そしてそんな斬新なロマンス小説『パミラ』の影響かどうかは知らず、十八世紀のイギリスでは恋愛結婚が流行し始める。その辺の事情に関しては岩田託子氏の『イギリス式結婚狂騒曲』(中公新書)が詳しいのだが、この本によると、十八世紀のイギリスというのは、こと結婚に関して、従来型の「親が決める結婚」と、当人同士の意志によって決める「恋愛結婚」がせめぎ合っていた時代だというのだ。

しかし恋愛結婚の流行は、階級社会のイギリスでは、そしてその中でも上流階級に属する人々からすれば、大問題である。それはそうだろう。仮に資産家の一族の娘が親の目を盗んでどこの馬の骨ともわからぬ男と秘密裏に恋愛結婚し、駆け落ちしてしまったとする。すると、いずれ遺産相続の際に、一族の財産の相当部分がそのどこの馬の骨かわからない男のものになるわけである。となれば財産目当ての良からぬ男たちが、資産家の世間知らずの娘をたぶらかすことに精を出すようになるのも当然と言えば当然。またそうなれば年頃の娘を持つ資産家の親たちが、自分たち一族の資産を守るという意味からも、娘が身勝手な結婚をしないよう目を光らせるようになるのも当たり前である。

かくして有力資産家たちからの要請もあり、イギリス（イングランド）では一七五三年に「ハードウィック婚姻法」が成立、この法律によって親の同意のない結婚や二十一歳未満の結婚は無効とされ、また正式な結婚をする場合には事前に三回、予告されるべきことなどが義務づけられることになる。つまり親の目の届かぬところで密かに結婚することが厳重に取り締まられるようになったのだ。

ところがこの法律が施行されたのはイングランドにおいてであって、そのイングランドに激しい対抗意識を持つスコットランドでは、この種の法律を作らなかった。となれば、イングランド国内で許されぬ恋に身を焦がした男と女が、スコットランドへの駆け落ちを目指すようになるのも理解できる。

かくしてスコットランドへの駆け落ち婚の象徴となったのが、スコットランド領内の最初の町であるグレトナ・グリーンで、この町に逃げ込んだカップルは、教会を探す手間ももどかしく、手近なところにある鍛冶屋（かじ）で結婚してしまった。そしてこの鍛冶屋の周辺には駆け落ちカップルのための宿屋なども作られて、結婚の誓いを済ませた後、すぐにそこに投宿して初夜を迎え、結婚を既成事実化できるようにしてあったというのだから、これはもう「駆け落ち産業」と言っていい。またそういう「産業」が存在したということは、裏を返せばこの時代、その種の駆け落ち婚がいかに横行していたかの証左でもある。

それにしても、愛を誓い合った男と女が、その愛を成就するため、追っ手を振り切り振り切り、国境の向こう側、グレトナ・グリーンを目指して逃避行する、その様を想像してみよう。それ以前の政略結婚と比べ、なんともロマンティックではないか。当事者二人にとって、国境を越え、スコットランド領内に入った時の「ゴールイン！」感は半端ではなかっただろう。

それを思えば、恋愛結婚を描き、結婚というものを幸福なる「ゴールイン！」に変えたロマンス小説『パミラ』が、十八世紀半ばのイギリスで、歓呼の声をもって迎えられたことも納得である。

女性読者の誕生

ところで、かつて「親の決めた結婚」という制度に翻弄されていたのが女性であるとするならば、その制度から逃れ出て、自らの胸中にある「愛」という感情を基準に恋愛を完遂しようとした主体もまた女性なのであって、そうなるとリチャードソンの『パミラ』以後、流行を見たロマンス小説を競って読み、ヒロインの運命に一喜一憂したのもまた女性読者であったであろうことは、容易に推測される。

実際、ロザモンド・ベイン＝パウエルの『十八世紀の田舎の生活』（一九三五年）という本によれば、「リチャードソンは少なくとも女性の間で最も人気のある作家である。かつて小説の読者と言えば女性であり、今もそうである。彼女たちは書簡体の手法を退屈だとは思わなかった。作者の教訓を好み、（中略）パミラが彼女の主人に求婚させた時は大喜びであった」そうであるが、このように「女性が本を読む」という現象はイギリスにおいて、遅くとも十八世紀の末頃までには定着していた。

では、なぜそうなのか。

それ以前の社会では農業に携わるにしろ、商業に携わるにしろ、完全な「男女共同参画社会」だったのであって、夫も妻も同じ職場で朝から晩まで働き、本など読んでいる暇はなかった。しかしイギリスでは世界に先駆けて十八世紀中頃から産業革命が起こったため、少なくとも中流階級の家庭においては夫が稼いできた給与でもって家族が不足なく暮らせるようになる。つまり中流階級の女性は生計を立てるための仕事から解放されることになったのだ。それだけでなく、召使を雇う経済的な余裕のある家庭ともなると、女性は家事全般からも解放されてし

図9 「ミューズ書店の風景」1809年 ©The British Library Board

まう。もはや完全な有閑階級である。かくしてすっかり暇を持て余すようになってしまった女性たちは、その暇を潰すのに「読書」に耽るようになったのであって、それが中流階級の女性の読書習慣を形成する大きな要因だったと考えられるのだ。

ところで、本を読むためには、そもそも字が読めなくてはならないわけだが、十八世紀半ばには女性の識字率も上がっていた。具体的な数字を挙げるならば、当時イギリス人男性の識字率が六〇%ほどであったのに対し、女性の識字率はこれよりやや劣るものの、四〇%から五〇%程度には達していたという。これは小説や雑誌などの出版物が採算を取るのに十分な読者層を形成していたことを意味し、『フィーメイル・スペクテイター』誌（一七四四年創刊）や『レディース・マガジン』誌（一七四九年創刊）をはじめ、女性向けの雑誌が十八世紀半ばに相次いで創刊されたこともそのことを裏付けている。

　また十八世紀末にロンドン最大の書店である「ミューズの神殿」を作った書籍商ジェイムズ・ラッキントンは、その回想録の中で「私の店にやって来るご婦人たちは無数にいますし、彼女たちは、（中略）選ぶべき本、趣味のよい本や傑作について、男性に少しもひけをとらずよく知っています」と記しているが、これなども十八世紀末から十九世紀初頭にかけて、女性読者の存在がもはや特別なものではなくなっていたことを傍証している。事実、一八〇九年頃のミューズ書店の様子を描いた風俗画（図９）には女性客の姿が数多く描かれており、ラッキントンの回想の正当性が窺われる。

男性は議論のために読書し女性は自分のために読書する

　ところで、図９もそうだが、女性読者の登場というこの時代の新たな現象を傍証するものに「女性画像」というものがある。絵画の中で女性がどのように描かれたかを見ることで、その時代その時代の女性の在り方が推測できるのだ。

　例えば図10に示したのは、フランソワ・ブーシェによる「ポンパドゥール夫人」（一七五六年）だが、彼女は本を持った姿で描かれるのを常とする。また図11に示したのは、フランス・ロココ時代を代表する画家ジャン・オノレ・フラゴナールの「読書する娘」（一七七六年）。

図10　ブーシェ「ポンパドゥール夫人」
所蔵：アルテ・ピナコテーク

図12　モーランド「ペーパーベルシェードのランプで読書する女性」　所蔵：イェール・ブリティッシュ・アートセンター

図11　フラゴナール「読書する娘」
所蔵：ナショナル・ギャラリー

どちらも十八世紀後半のフランスの絵だが、もしも女性たちがもっと前の時代から本を読んでいたとしたら、読書している女性の像をわざわざ画題にはしないだろうから、「女性が本を読む」ということが、この時代に新しいファッションと考えられていたことがこれらの女性画像からわかるのだ。

また、そうした事情がどうやらイギリスでも同じであったらしいことは、図12を見ても明らかだろう。これはイギリスの肖像画家ヘンリー・ロバート・モーランドが一七六六年頃に描いた絵で、やはり女性が熱心に読書している様が描かれている。

これらの女性読書画像に関してもう一つ注目しておきたいのは、これらの絵の中で、女性たちが明らかに一人で本を読んでいることである。つまり彼女たちは、本を、一人で、「黙読」しているのだ。

朗読という習慣が廃れた現代では、通常、本を読むと言えば黙読を意味するわけだが、かつて「本を読む」ということが「本を声に出して朗読する」ことを意味した時代があった。まだ識字率が低かった時代には、文字を読める人が本を朗読し、文字の読めない人々がそれに耳を傾けるというスタイルしか取れなかったからである。

だが、その後識字率が上がってからもしばらくの間は、本（あるいは新聞・雑誌）は皆で一緒に読むもの、という概念は根強く残った。特に男性にはこの志向が強かったらしく、例えば十八世紀のイギリスでも、当時流行していた女人禁制の「コーヒー・ハウス」で、一人が『タトラー』誌や『スペクテイター』紙といった人気雑誌や新聞を朗読し、それを聞いていた人々がその内容について激論を交わす、などということが盛んに行なわれていたという。つまり当時の男性にとって文字を読むということは社交の一部だったのだ。となると逆に社交の具でない読書、つまり一人部屋に籠もって本を黙読することなぞ、男性からすれば、何のためにするのかわからないようなことだったに違いない。

「一人私室に籠もって本を黙読する」というのは、だから、女性ならではの楽しみであり、それは男性の読書スタイルとは異なって、はるかにパーソナルなものだったのである。

手紙を読む・書く女性たち

ところで「女性にとって文字に接することはパーソナルな経験であった」と仮定した時、さらに思い当たる女性画像がある。それは十八世紀に流行した「読書する女性」画像に先立ち、十七世紀のヨーロッパで流行した、「手紙を読む（書く）女性」の画像である。

手紙を読む（書く）女性の画像と言えば、おそらく最も有名なのは、図13（a・b）に挙げたフェルメールの諸作品であろう。

フェルメールはオランダの画家であるが、十七世紀初頭のオランダは、ポルトガルから奪っ

図13a フェルメール「窓辺で手紙を読む女」
bpk / Staatliche Kunstsammlungen Dresden / Herbert Boswank / distributed by AMF

図13b　フェルメール「手紙を書く女」
所蔵：ナショナル・ギャラリー

たインドとの交易権を足掛かりにして海上帝国を築き上げる途上にあり、海外に赴任する夫と本国に残る妻の間で手紙という通信手段が必要欠くべからざるものになっていたため、このような「手紙を読む（書く）女性」を描く絵画が流行したものと考えられる。

であるならば、十七世紀末にオランダからインドとの交易権を奪い、新たな海洋王国として君臨するようになった大英帝国の女性たちが、フェルメールの描く女性たちのお株を奪って、手紙を読んだり書いたりし始めたであろうことは想像に難くない。

つまり、この時代の（西洋の）女性たちは、まず「手紙」を読んだり書いたりすることで文字に親しみ、次いで新興の文学ジャンルであった「小説」を読むことで読書の楽しみを知ったのである。手紙から本へ。だから女性にとって「手紙を読み書きすること」と「本を読むこと」は非常に近い経験なのであって、それらはどちらもパーソナルなことのカテゴリーに入るものだったのだ。

女性向けハウツー本でもあった『パミラ』

と、このように「手紙の読み書き」と「読書」との近接性・親和性について考えていくと、『パミラ』という小説が「書簡体小説」であったということが改めて気になってくる。実際、そこには興味深い経緯があった。

そもそも『パミラ』の著者であるサミュエル・リチャードソンは小説家ではなく、当時イギリスでも指折りの大物印刷業者だった。では一体なぜ小説家でもないリチャードソンが『パミラ』を書くことになったかというと、丁度この頃のイギリスでいわゆる「ハウツー本」が流行していて、印刷関連の同業者が、筆が立つので知られていたリチャードソンに「手紙の書き方指南」の本でも書いてみてはどうかと勧めたからである。それでその気になったリチャードソンは、どうせ書くなら、手紙の模範例を種々機械的に並べるのではなく、手紙の内容そのものに何か物語性を持たせた方がいいのではないかと思いつき、「主人からのセクハラに悩まされる若い侍女が書く一連の手紙」という設定で一気に書き上げたのが『パミラ』だった。『パミラ』が「書簡体小説」という特殊な形態を取っているのは、これがもともと手紙の書き方を教えるためのハウツー本だったからなのだ。

となると、『パミラ』を読む女性たちは、手紙の書き方を学ぶ目的でこの本を手にし、順次、そのノウハウをハウツー的に学習しているうちに、次第に主人公のパミラに自己投影するようになり、彼女の一挙手一投足にハラハラ、ドキドキするという読書体験の中に惹き込まれていったことになる。換言すれば、この小説を読む女性たちは、「私信を書く」という女性的かつ個人的な行為を、「黙読」というもう一つの女性的かつ個人的な行為でもって追体験していたのだ。「誘惑」や「結婚」といった本作の主題自体もさることながら、『パミラ』という小説が当時のイギリスの女性たちを虜にしたもう一つの理由は、こうした幾重もの「女性好み」の仕組みが『パミラ』という小説に備わっていたからなのである。

「ロマンス小説の祖」と呼ばれる『パミラ』について、種々述べてきたが、こうして見るとこの小説は、まずイギリス伝統の「男の恋の物語」の潮流の中に初めて「女の恋の物語」を導入したこと、また「結婚」というものをロマンティックなものとして定義し直し、当時のイギリスで生じ始めていた恋愛結婚ブームの先駆けとなったこと、さらに「手紙を読み書きする」という一つの習慣から「私室に籠もって一人本を黙読する」というもう一つの習慣への橋渡しをしながら女性の読書の形を作り上げたことの三つの点で、実に画期的なものであったことがわかる。その意味で『パミラ』に与えられた「ロマンス小説の祖」という尊称は、決して伊達ではないのだ。

そして『パミラ』が作り上げた女性読者が喜ぶ恋愛小説の処方、すなわち「ヒロインの視点」「ヒロインの内面の美がヒーローを陥落させる」「ヒーローとの結婚により、ヒロインの社会的・経済的地位が上昇する」の三条件は、その後に書かれたロマンス小説の傑作の中に連綿と受け継がれ、それが今日のハーレクイン・ロマンスの公式にも採用されているのだから、ロマンス小説のすべては『パミラ』から始まったと言っても過言ではない。

二十一世紀の今日、私室に一人籠もってハーレクイン・ロマンスを熟読している女性たちは、だから、二百八十年に近い歴史を誇る「女性の読書伝統」にしっかりと連なっていると言えるのである。

【コラム】パロディの系譜――『高慢と偏見』から『ブリジット・ジョーンズの日記』へ

イギリスで『パミラ』が出版された時、そのあまりの人気ぶりに苦い顔をしていた男がいた。男の名はヘンリー・フィールディング。後に『トム・ジョウンズ』という小説を書いて「イギリス近代小説の父」と呼ばれるようになる作家である。それだけ実力のある作家だった彼は、『パミラ』のような女性読者向けのロマンス小説がやたらにもてはやされているのがよほど気に入らなかったのか、それが出版された翌年の一七四一年、そのあからさまなパロディである『シャミラ』を出版、同じ書簡体小説の体を借りながら、『パミラ』のヒロインは実はとんでもなくふしだらな女だった、という設定の架空の暴露本に仕立てたのだった。

それが十八世紀半ばの話。それからおよそ二百五十年後のイギリスで、ヘレン・フィールディングという女性作家が一冊のロマンス小説を出版し、大ベストセラーとなる。『ブリジット・ジョーンズの日記』（一九九六年）がそれである。二〇〇一年にはレネー・ゼルウィガー主演で映画化もされ、こちらもヒットしたのでご存じの方も多いだろう。

と言えば、勘のよい方はピンと来るだろうが、『日記』の作者ヘレン・フィールディングは、『シャミラ』を書いたヘンリー・フィールディングの、どうやら遠戚らしいのだ。少なくともそう考えると、ヘレン・フィールディングの小説のタイトルが『ブリジット・ジョーンズの日記』となっていることも納得がいく。何しろ偉大なる祖先の代表作が『トム・ジョウンズ』なのだから。

ところで、ヘンリー・フィールディングの『シャミラ』がサミュエル・リチャードソンの『パミラ』のパロディであったように、『ブリジット・ジョーンズの日記』もまた、イギリスを代表するもう一つのロマンス小説のパロディになっている。が、その元ネタをばらす前に、まずはこの作品の粗筋を紹介しておこう。

本作のヒロイン、ブリジット・ジョーンズは出版社勤務の三十代のOL。結婚適齢期を若干通り越してしまい、そのことも少しは気になるけれど、まだまだ一人の男に自分の人生を託す気はないし、もう少しキャリアを積みたいという野心もある。おいしいものを食べながら友達と騒ぐのも好きだが、体重の増加も気になる。煙草は止めた方がいいとわかっているが、ついついまた吸ってしまう。

そんなごく普通のＯＬである彼女の周囲に、ちょっと気になる男性が二人いる。一人は勤務先の上司であるダニエル・クリーヴァー。もう一人は実家の近くに住む弁護士のマーク・ダーシー。最初、ブリジットはクリーヴァーの方と付き合い出すが、実はこの男、不実なプレイボーイで、ブリジットとは別に恋人がいることが発覚。その一方、初めは感じの悪い奴と思っていたダーシーが、実は陰に回ってブリジットの家のトラブルを解決するなど、無骨ながら誠実ないい男であることが判明。かくしてブリジットは一連の経験の後に、見かけではわからない男の価値というものに気付き、今までどちらかと言うと胡散臭い目で見てきたダーシーを、自分の愛の対象として意識するようになる。つまり本作の主人公は、初めのうち悪印象を抱いていた「ダーシー」という男の真価を見極め、彼と結ばれるという話なのだ。

と、このように粗筋を述べれば、本作の元ネタはすぐにわかるだろう。そう、ジェイン・オースティンの『高慢と偏見』である。

『高慢と偏見』のヒロイン、エリザベス・ベネットは、あることがきっかけでダーシーという男と知り合うのだが、ベネット家よりも格上の家柄であることからベネット家のことを見下しているようなところが気に入らず、またダーシーの友人のビングリーがエリザベスの姉のジェインと結婚しようとしていたのを、家柄が不釣り合いだという理由で阻止したことを知って怒り狂う。ところがその後、ダーシーが己の高慢さを反省し、ジェインとビングリーの仲を改めて取り持ったことや、エリザベスの妹のリディアがプレイボーイのウィカムという男と駆け落ちした際にも、陰でベネット家をスキャンダルから救ってくれたことを知るようになって、エリザベスもまたダーシーに対して偏見を抱いていたことを反省する。そして、それぞれ高慢さと偏見を捨てて対面することで、互いの魅力に気付いた二人は結婚を誓い合う。

要するに『ブリジット・ジョーンズの日記』と『高慢と偏見』という二つの小説は、ヒロインがすったもんだの末に「ダーシー」という名前の男を結婚相手に選ぶ話であるという点で、明らかに相似形(パラレル)を成しているのだ。

そしてこの二つの小説がパラレルであることは、双方が映像化された時にさらに明確になった。『ブリジット・ジョーンズの日記』が書かれる一年前の一九九五年、イギリス放送協会(BBC)が『高慢と偏見』をテレビドラマ化して高い視聴率を取ったのだが、この時にダーシー役を演じて一躍人気俳優となったコリン・ファースが、二〇〇一年に公開された映画版の『ブリジット・ジョーンズの日記』でも、やはりダーシー役を務めているのだ。だからBBCテレビの『高慢と偏見』を見、かつ映画版の『ブリジット・ジョーンズの日記』を見た人であれば誰でも、ああ、『日記』は『高慢と偏見』の焼き直しなんだな、ということが即座にわかるようになっていたのである。

しかし、ここで私が言いたいのは、『ブリジット・ジョーンズの日記』が『高慢と偏見』

のパクりだ、ということではない。そうではなくて、ロマンス小説という文学ジャンルの中では、過去の名作のストーリーをそっくり真似しても何ら問題がないどころか、むしろそれが受けるということなのである。ロマンス小説の名作は、その設定に若干の手を入れ、現代風に仕立て直せば、何度でも焼き直しが利くのだ。

その意味で『ブリジット・ジョーンズの日記』は、「本歌取り」の趣向も含め、イギリス・ロマンス小説の正統を引き継ぐ現代の傑作と言ってよいのである。

第四章　アメリカ人はロマンスがお好き？

ベンジャミン・フランクリンもロマンス小説に携わった

本書第二章では、一九六〇年代半ば以降のアメリカにおいてイギリス由来のハーレクイン・ロマンスが大流行したということを述べたが、それはなにも「それ以前のアメリカには、ロマンス小説（あるいは、もっと広い意味での恋愛小説）は存在しなかった」ということを意味するものではない。もちろんアメリカにはハーレクイン・ロマンスの登場以前から、男女の恋愛模様を綴る小説はあった。

ならばアメリカにおけるロマンス小説のルーツは奈辺にあるのかを探っていくと、結局、サミュエル・リチャードソンの『パミラ』に行きつく。『パミラ』と言えば、前章において「イギリスにおけるロマンス小説史の基点」と紹介したばかりだが、実はこの小説、イギリスで大評判となってからわずか二年後の一七四二年にアメリカ版が出版されていたのだ。その意味で、アメリカにおけるロマンス小説の歴史は、本国イギリスとほぼ同時にスタートしていたと言っていい。

ちなみにこの時『パミラ』のアメリカ版を出版したのは、なんと、彼のベンジャミン・フランクリンである。そう、凧上げの実験によって雷が電気であることを発見した科学者にして、アメリカ独立革命にも深く関わった建国の父祖（ファウンディング・ファーザーズ）の一人。そんなアメリカ史上に大きな足跡を残した人がロマンス小説の出版に関わっていたとは少しばかり意外ではあるが、そもそもフランクリンはロンドンで植字工の修業を積んだ印刷業者として世に出たのであり、また自ら『貧しいリチャードの暦』（一七三二年）を出版してベストセラーにするなど、出版事業全般に通じていた。しかもロンドンの事情にも通じたメトロポリタンだったのだから、その彼がイギリスで大評判の『パミラ』をアメリカで売り出せば必ずや売れるだろうと予想したのはさほど不思議なことではない。ましてや国際著作権法成立以前のこと、イギリス小説をアメリカに持ってきて出版しても著者に印税を支払う必要はないのだから、『パミラ』が売れれば、フランクリンとしては丸儲けなのだ。

反面教師として読まれたロマンス小説

しかしながらアメリカにおけるロマンス／恋愛小説の歴史は、その後、少しばかり方向性を変えることになる。そのきっかけとなったのが『シャーロット・テンプル』（イギリス版一七九一年、アメリカ版一七九四年）という作品で、これを書いたのはスザンナ・ローソンというイギリス人女性。これもまた「外国小説であれば著者に印税を支払わなくてもいい」というメリットゆえの話ではあるが、リチャードソンの『パミラ』にせよ、本作にせよ、総じてアメリカにおけるロマンス／恋愛小説の新しい波は、いつもイギリスからやって来るものなのだ。

さて、そのスザンナ・ローソンという作家であるが、彼女はイギリス海軍軍人の娘で、生まれてすぐに産褥で母を失うという不幸に遭う。その後、再婚してボストンの税関に職を得た父と共に渡米するも、折悪しくアメリカ独立革命が勃発。イギリス人である彼らは財産没収の上捕虜にされ、戦後になってようやくイギリスに戻されるが、財産を失った一家は赤貧に喘ぐことになる。そんな中、文才のあったローソンは、ガヴァネス（家庭教師）として働きながら小説を書き始め、一七九一年に出した『シャーロット・テンプル』が大ヒット。一家の経済状況は改善するが、ホッとしたのも束の間、今度は一七八六年に結婚した金物商の夫の商売が傾き、ローソンは再び苦境に立たされる。

だが驚くのはここからだ。この状況下でローソン夫妻は一体何を思ったのか、突如金物商という実業を離れ、演劇の世界に身を投じるのである。で、また意外にもその方面の才能があったのか、フィラデルフィアの劇団から声が掛かり、それを機に再度アメリカに渡ったローソンは、そのまま戯曲家兼作曲家兼女優として活躍するようになる。と、ここまで来たならそのまま演劇人となるのかと思いきや、突如舞台から降りると、おもむろに女学校を創設、後半生を女子教育のために捧げるのだ。ちなみに彼女の女学校では、家政学のような女子学生向けの科目の他に数学・科学・地理学など、従来男子学生にしか教えられていなかった科目もカリキュラムに取り入れていたそうで、教育者としてもなかなか進歩的だったらしい。そして最終的に彼女はアメリカ市民権を取得し、アメリカ人として亡くなったという。なかなかに波乱万丈の人生である。

では、そんなローソンが書いた『シャーロット・テンプル』はどうかと言うと、これがまた作者ローソン本人の人生に負けず劣らず波乱万丈の物語なのだ。

主人公はシャーロット・テンプルという名の十五歳の少女。物語は、とあるイギリスの寄宿学校で学んでいたシャーロットが、イギリス海軍軍人で、近々独立革命直前のアメリカに渡る予定であったモントラヴィル中尉に見初められるところから始まる。何と言ってもこれは恋愛小説なので、少なくとも出だしは甘い恋の物語なのだ。そして寄宿学校の女性教師ラ・ルーの手引きでモントラヴィルとデートすることになったシャーロットは、彼の猛アタックの前に押し切られる形で故郷を捨て、彼と一緒にアメリカに渡ることになる。もちろん彼の地で結婚することになるのだろうと信じて。

ところがモントラヴィルにはそもそもシャーロットと結婚する気などなく、ニューヨーク郊外の家に彼女を愛人として囲う一方、金持ちの令嬢ジュリアとの結婚を模索する。そしてモントラヴィルの胸中を察した彼の悪友ベルクールは、シャーロットを自分の愛人にしようと企み、モントラヴィルにシャーロットが不貞を働いたように誤解させた上でジュリア嬢との結婚を勧め、シャーロットにはモントラヴィルが他の女と結婚した旨を告げて、自分になびかせようとする。シャーロットはベルクールの誘惑は撥ねつけるものの、モントラヴィルが他の女と結婚したことに絶望して病に倒れ、多少持ち直した頃には無一文となって借家から追い出される始末。最後の望みをかけて、今はニューヨークで金持ちと結婚して「クレイトン夫人」となっていたラ・ルーの元を訪ねるも、ラ・ルーは惨めな姿を晒すシャーロットの知人であることを人に知られまいと彼女を邪険に扱い、屋敷に上げるどころか雪の降りしきる通りへと追い返してしまう。結局シャーロットは、彼女のことを哀れに思ったクレイトン家の召使のあばら家で女児を出産した後、娘の窮状を知ってはるばるアメリカまでやって来た老父の見守る中、息絶える。

一方、シャーロットに対する己の所業を後悔したモントラヴィルは、彼女の消息を尋ねるも、ようやく探し当てた時にはシャーロットは既に棺に納まっていた。その後、自分を騙したベルクールと決闘して彼を倒すが、そんなことをしたところでもはや取り返しのつくはずもなく、悔悟の余生を過ごすこととなる。他方、そもそもシャーロットが堕ちていくきっかけを作った悪女ラ・ルーはその後悪運尽きて離縁され、一時はロンドンで獄に繋がれるなどして零落した死を迎える。

『シャーロット・テンプル』というのは、ざっとこんな感じの小説である。ハッピー・エンドが条件であるロマンス小説ではなく、悲劇的な結末を持つ恋愛小説……であるが、それにしてもやけに暗い。しかし、これが十八世紀末のアメリカではやたらに受けた。

　こんなに陰々滅々とした恋愛小説が、なぜアメリカで受けたのか。実はそこには一つ、決定的なからくりがあった。

　なんと、ニューヨークはマンハッタン、ウォール街に面したトリニティ教会の附属墓地に、偶然、「シャーロット・テンプルの墓」があったのだ。おそらく、いつの時代かに実在した人物の墓なのだろうが、これが「悲恋の末に子供を産み落として死んだ、哀れなシャーロットの墓に違いない」という噂を生んだのである。何しろ『シャーロット・テンプル』という小説の副題は「A Tale of Truth」、すなわち「真実の物語」であり、この小説の中で語られていることはすべて実話であるという触れ込みだったので、たまたまそこにあった「シャーロット・テンプルの墓」のことを、あのシャーロットの墓だ！　と人々が勘違いしたのも無理はない。そしてこの噂のおかげで可哀想なシャーロットの身の上に同情したファンが墓前に殺到し、この騒ぎがまた小説の売り上げに貢献するという、まさに今で言う「バズる」的な現象が重なって、『シャーロット・テンプル』は未曾有のベストセラーになっていったのである。

　ちなみに、純然たる創作である『シャーロット・テンプル』という小説に「真実の物語」なる副題が付けられていたのはなぜかと言えば、当時アメリカでは「架空の作り話」というのは道徳的にけしからんと見なされていたからである。この手の小説を出版する際には、たとえそれが一〇〇%の作り話だったとしても、「ここに語られていることはすべて現実に起こったことであって、誰かが主人公と同じ過ちを犯さないよう、敢えてここに事実関係を公表するものであります」というような前書きを書いておかないと、発禁になってしまう恐れがあった。アメリカという国は、その辺の倫理的な縛りがキツイ国なのだ。

要するに『シャーロット・テンプル』のような、若い娘が悪い男に騙されてどんどん身を堕としていくというような「誘惑小説」は、言わば「悪い見本」として、「反面教師」として、世に問われたのである。もちろん、実際には、本作を読む誰もがうら若い娘が身を持ち崩す話に嗜虐（しぎゃく）的な楽しみを見出していたのであろうけれども、表向きは「こういう風になってはいけない、だから若い女の子は操（みさお）を大切になさい」というメッセージを持った小説として、道徳的に読まれたのだ。後に女子教育に情熱を注ぐことになるスザンナ・ローソンが、『シャーロット・テンプル』のような若い娘の堕落物語を書いて矛盾を感じずに済むのも、つまりはそういう理由である。

そしてこのきわめて道徳的な（?）誘惑小説の十八世紀末のアメリカにおける人気というのは大したもので、『シャーロット・テンプル』に続いて大ベストセラーとなったハナ・ウェブスター・フォスターの『コケット』（一七九七年）という小説もまた、事実に基づく誘惑小説であった。

アメリカ版『おしん』の「家庭小説」

　ところで、これら一連の「誘惑小説」から得られる道徳的教訓は、「己の未熟な判断で行動しようとする若い娘には、とんでもない災難が降りかかる」ということである。そしてこうした教訓の背後にあるものは、「女たるもの、父親（もしくは夫）の厳しい監督の下、大人しく家におれ」という、父権制社会のルールであったと言っていい。アメリカという国に対して「自由の国」というイメージを抱いている日本人は多いが、実際にはむしろ多くの面で「自由が許されない」お国柄なのだ。特に女性にとってはそうなので、アメリカほど「女とはこうあるべき」という理想像を保持し、それを現実の女性に押しつけようとする国はないとすら言ってもいいほどである。

　それだけに、「自分の好き勝手に行動する女に禍あれ」という趣旨の「誘惑小説」の流行の後に、その逆のパターンの小説、すなわち、「苦境にあっても忍耐強く、信仰と操と家を守る女に幸あれ」という趣旨の小説が流行したとしても全然おかしくない。実際、十九世紀も半ばとなったアメリカでは、それまでの「誘惑小説」に代わり、志操堅固な若い女性が幾多の苦境を乗り越えていく様を描く小説が流行するようになる。これがいわゆる「家庭小説」というもので、スーザン・B・ウォーナーという女性作家の書いた『広い、広い世界』（一八五〇年）がその代表例とされる。「アメリカで最初のミリオン・セラー」と言われるほどよく売れた本である。

ではこの小説、どういう話かと言えば、基本的にはアメリカ版『おしん』だと思えばいい。おしんと同じように、ヒロインのエレン・モンゴメリーの苦労は彼女がまだ幼い時から始まる。訴訟に負けて破産した父親が、再起をかけ、結核を病む妻（エレンの母）と共にイギリスに渡ることになったため、エレンは一人、父方の伯母ミス・フォーチュン・エマソン（「ミス・フォーチュン」とは「不運・逆境」の意）のもとに預けられることになるのだ。伯母のもとへ向かう道中は辛く、また粗野な伯母との暮らしもエレンには厳しいものとなった。しかし彼女は「これも神が与えた試練」と思い、聖書を心の友として忍従の日々を過ごしているうち、地元の教会の牧師の娘アリス・ハンフリーズや、彼女の兄で牧師になる勉強中のジョンと知り合う機会を得、彼ら二人がエレンの良き友、良き導き手となる。

しかし、その後アリスは病を得て亡くなり、またエレンの両親もイギリスで亡くなってしまう。かくして孤児となったエレンは、亡き母の遺言により、スコットランドに住む裕福な叔父リンゼイ氏の元で暮らすことになる。新たに親代わりとなったリンゼイ氏は、エレンのことを歓迎するものの、彼女を自分の娘として育てようとするあまり、自分のことを「お父さん」と呼ぶことを強要したり、さらには信仰に薄い自分たちのライフ・スタイルをエレンにも押し付けようとし、彼女の信仰心にも横槍を入れてくる。エレンにとっては、一難去ってまた一難というところである。

しかし、いかなる苦境にもくじけることなく、堅い信仰をもって歩み続けたエレンに、ついに一筋の光明が見えてくる。エレンにとって心の支えでもあったジョン・ハンフリーズが彼女を訪ねてやって来るのだ。かくして二人は互いの思いを確認し合い、いずれ二人がアメリカに戻って結婚するであろうことがほのめかされたところで、この小説は幕を閉じる。

キリスト教的信仰心から生まれた「家庭小説」

さて、右に述べた粗筋を見ても明らかなように、一般に「家庭小説」というのは、ストーリー展開から言うと、先の「誘惑小説」よりもはるかに「ロマンス小説」に近い。身寄りのない若いヒロインが素晴らしいヒーローと出会い、途中、色々な障害に出くわすものの、最終的には彼と結婚（あるいは婚約）し、幸福になる話なのだから、その意味では「幸福なる結婚」という大団円を必須条件とするロマンス小説そのものと言っていい。

ならば家庭小説のどこが純然たるロマンス小説と違うかと言うと、力点の置きどころが違う。ロマンス小説の場合、ヒロインを襲う艱難辛苦（かんなんしんく）は、いずれも彼女の恋を邪魔するものに限定される。結局ロマンス小説というのは、ヒーローとの結婚というゴールを目指す障害物競走みたいなものなのだから、そうなるのは当たり前であって、力点は常に「ヒロインの恋」にある。

一方、家庭小説の場合、力点は「いかにヒロインが艱難辛苦にもめげずキリスト者としての道を歩むか」に置かれる。家庭小説の「ゴール」とは、ヒロインが忍従に忍従を重ね、キリスト者としての信仰を保持し続けることにあるのであって、「ヒーローとの結婚」などというものは、無事ゴールにたどり着いたヒロインに与えられるちょっとしたご褒美に過ぎない。その程度のものであるから、二人の結婚生活が実質を伴った幸福なものであるかどうかは、さほど問われることがないのだ。

結局アメリカの家庭小説というのは、何らかの理由で幼い時に家庭を奪われてしまったヒロインが、自らの信仰心と、心正しき周囲の人たちの力添えによって自立し、自らが主体となった新しい家庭を作り上げるという話なのであって、そこに至るまでの過程においてヒーローが果たす役割は意外に少ない。またヒロインが作り上げた家庭にしても、その主役はあくまでヒロイン自身であって、ヒーローではない。アメリカの家庭小説においては「女、三界に家なし」などという言葉は当てはまらないのであって、「家なし」なのは、むしろヒーローの方なのだ。

ならば十九世紀半ばのアメリカ文学において、家の中で影の薄くなったヒーローたちはどこへ行くかと言うと、池のほとりに方丈の掘っ立て小屋を建てて住んだり（ヘンリー・デイヴィッド・ソロー『ウォールデン池』）、あるいは大海へ出て鯨を獲りに行ったり（ハーマン・メルヴィル『白鯨』）、はたまた筏に乗ってミシシッピ川を下ったり（マーク・トウェイン『ハックルベリー・フィンの冒険』）するのである。

というのは冗談だが、実際十九世紀後半以降のアメリカ文学で、男性作家によって書かれた小説を見ると、ヒーローが家庭の軛を嫌って家を飛び出し、冒険の旅に出るという基本構造を持った話がやたらに多いことに気付く。家を飛び出したヒーローを描くのはアメリカ文学の大きな特徴の一つなのだが、それにしても十九世紀の女性作家たちがヒロインを大黒柱とする家庭小説を書きまくったのに対し、男性作家たちはその家庭から逃げ出すヒーローを描いたというのは、なかなか面白い対比ではある。

いずれにせよ、十九世紀半ばのアメリカ、いわゆるヴィクトリア朝の道徳律が行き渡っていた頃のアメリカでは、男と女が惚れた腫れたなどという話はヨーロッパ的なもの、すなわち退廃的でふしだらなものとされ、またそういうふしだらなヨーロッパ社会とは異なるアメリカ的な価値観として、清浄無比な女性像を作ろうと躍起になっていたのであって、その結果生まれたのが、性的な魅力とは無縁の、信仰に篤い「家庭の天使」としての女性像だったのだ。

「玉の輿小説」の登場

しかし十九世紀も末になると、さしもの家庭小説もその人気に陰りが見え始め、これに代わる新たなロマンス／恋愛小説の潮流が現れる。それが「玉の輿小説」である。そしてこのジャンルで最も名を馳せたのが、ローラ・ジーン・リビーという作家であった。

このリビー、今でこそ忘れられた作家となってはいるが、一八八〇年代から九〇年代にかけては人気雑誌に彼女の作品が掲載されない週がなかったと言われるほどの売れっ子で、最盛期には年間一万七千六百ドルの原稿料を得ていたというのだから、当時の作家として破格の成功を収めていたと言ってよい。では、そんな人気作家リビーの小説とはどのようなものかと言えば、基本的にはどの作品も「ガール・ミーツ・ボーイ」式のロマンス小説である。しかしリビーの小説の妙味はそういうロマンティックな側面にではなく、むしろヒロインとヒーローが晴れて結ばれるまでに出くわす、ありとあらゆる艱難辛苦の描写にこそあった。

例えばリビーの代表作である『職工長の呪い』（一八九二年）を例に挙げると、この小説は職を求めて田舎から大都会ニューヨークに出てきた十六歳のお針子コラリーが、勤務先の縫製工場の次期社長であるアランと出会い、恋に落ち、結婚に至るまでを描いている。しかし、二人が結婚に至るまでの間、コラリーはそれはそれは大変な目に遭うのだ。と言うのも、この小説にはコラリーに横恋慕したロバートなる悪漢が登場してきて、この男がコラリーとアランの恋路を邪魔立てするからである。

　で、またそのロバートのやり口というのがとことん邪悪で、まずアランを騙して途中下船のできない遠洋航路の船に乗せ、一人残されたコラリーにはアランが他の女と結婚したという偽の情報を渡す。一方、ほうほうの体で家に戻ったアランには、コラリーが彼に近づいたのは財産目当てであったという風に思い込ませるという具合。かてて加えてコラリーはその後もロバートに誘拐されるわ、精神病院に隔離されるわ、飢え死にさせられそうになるわ、幽閉されて放火されるわ、ナイフで刺されそうになるわといった調子で、辛酸を舐めさせられることになる。

　しかし、途中の艱難辛苦が甚だしいだけに、最後の最後になって奸計が暴かれたロバートが破滅し、コラリーとアランの結婚が無事成就して、その結果、うら若い一介のお針子に過ぎなかったコラリーが、一夜にして社長夫人となることが決まった時の読者の安堵と喜びは大きい。そしてこの長いハラハラ、ドキドキからのシンデレラ・ストーリーこそが、ローラ・ジーン・リビーの書く玉の輿小説の尽きせぬ魅力なのだ。

アメリカン・ドリームとワーキング・ガール

　ところで、労働者階級の少女が勤務先の若社長に見初められ、途中、様々な邪魔が入るとはいえ、最終的には無事に結婚して社長令夫人になるという筋書きは、リビーの書いたほぼ全作品に共通する。それゆえリビーの書く玉の輿小説は「ワーキング・ガールもの」などと呼ばれることも多いのだが、十九世紀末のアメリカでこの種のワーキング・ガールものがそれほど受けたことには、もちろん、それなりの理由があった。

　十九世紀末のアメリカと言えば、工業化が進み、国家として未曾有の大発展を遂げていた時期であって、鉄道業で財を成したコーネリアス・ヴァンダービルトやリーランド・スタンフォード、鉄鋼業で財を成したアンドリュー・カーネギー、スタンダード・オイルの創業者で石油王と呼ばれたジョン・ロックフェラー、世界最大の銀行を作り上げたジョン・ピアポント・モルガン、鉱山王のマイアー・グッゲンハイム、発明王にしてゼネラル・エレクトリック社の創設者でもあるトーマス・アルバ・エジソン、新聞王のウィリアム・ランドルフ・ハースト等々、一代で財を築き、それぞれの業界で「王」と呼ばれた成金たちが次々に生まれていた。「金メッキ時代」とも呼ばれたこの時代、たとえ今は無一物であったとしても、燃える野心とほんの少しの才能さえあれば、どの業界のどんな分野にも巨万の富を掴むチャンスがいくらでも転がっているように見えた。

そしてアメリカ社会に蔓延(まんえん)する上昇志向をさらに煽ることになったのが、この時期、盛んに出版された「自己啓発本」である。中村正直の翻訳により日本でもベストセラーになったスコットランドの自己啓発ライター、サミュエル・スマイルズの『自助論』（一八五九年）をはじめ、プレンティス・マルフォードの書いた『思いは実現する』（一八八九年）、オリソン・S・マーデンの書いた『前進あるのみ』（一八九四年）、ラルフ・ウォルドー・トラインの書いた『人生の扉をひらく「万能の鍵」』（一八九七年）など、二十一世紀の今日ですらなお多くの人に読まれているこれら自己啓発本の傑作は、誰もが一攫千金を夢見たこの時期のアメリカで生まれ、またこの時期のアメリカを熱狂させた「成功神話(アメリカン・ドリーム)」を作り出すことに貢献した。社会全体にこだまする「無一文から金持ちへ」（from rags to riches）の掛け声が、児童文学のジャンルまで浸透していたことは、『ぼろ着のディック』（一八六八年）をはじめ、貧しい孤児の少年が持ち前の機転からチャンスをものにし、金持ちになっていくという筋書きの少年向け自己啓発小説を百三十編も書いたホレイショ・アルジャー・ジュニアという作家の、この時期のアメリカにおける絶大な人気からも窺える。

ところが、アメリカン・ドリームの熱狂にアメリカ中の男たちが、そして年端のいかない少年たちまでもが巻き込まれていた十九世紀末のアメリカで、唯一除け者にされていたのが女性である。この時期、アメリカの女性に開放されていた職場は、大都市近郊に作られた縫製工場での低賃金労働に限られていた。ミシンの登場によって既製服市場が拡大していたため、お針子さんの仕事だけは需要が高かったのだ。そしてこの需要に応じたのが、地方出身の（あるいは移民の）若年女性労働者だった。事実、十六歳から二十歳までの若年女性労働者の数は一八六〇年代から急速に増え始め、一九〇〇年にはその数は四百万人にも上ったという。ローラ・ジーン・リビーの『職工長の呪い』で、ヒロインのコラリーが縫製工場のお針子さんという設定だったのは、実にリアルな話だったのだ。

このような社会状況の中、貧しい一介のお針子が、金持ちの（次期）社長に見初められ、玉の輿に乗って社長夫人の座に納まるという夢物語が書かれたとすれば、それは要するに「女性版アメリカン・ドリーム」だったのである。そしてこの種の夢物語を誰よりも上手に書きこなしたのがローラ・ジーン・リビーだったのだ。何しろ現在確認されているだけで八十二もの作品が残っていて、さらにそれらの作品群が何度も版を重ね、その総売り上げ部数は一千六百万部に達したと言われているのだから、十九世紀末のアメリカはリビーの描く勤労少女のシンデレラ・ストーリーで満ち溢れていたと言っても過言ではない。華やかな生活に憧れて大都会にやって来ながら、実際には工場労働者として搾取される立場にあった無数の若年女性労働者たちに束の間の夢を見させることによって、ローラ・ジーン・リビーは時代の寵児となったのだ。

砂漠の族長とのロマンス

しかし、熱しやすいものは冷めやすい。十九世紀末にはあれほど受けた玉の輿小説の人気も、さほど長く続くことはなかった。二十世紀に入って娯楽が多様化し、また社会全体の経済状況が良くなって「貧しい勤労少女」という存在自体が現実味を帯びなくなってくるに従い、リビーの小説も飽きられるようになったのである。その結果、かつて花形作家だったリビーも一九一〇年代には既に人々の記憶の彼方に消え、いつしか寂しく文壇の表舞台から去っていった。

そしてリビーと彼女の書く「ワーキング・ガールもの」の退場と軌を一にするように、一九二〇年代から三〇年代にかけてのアメリカで流行したのが、やはりイギリスからやって来たロマンス小説の新しい波、その名も「砂漠ロマンス」であり、その砂漠ロマンス流行のきっかけとなったのが、E・M・ハルというイギリスの女性作家が書いた『シーク』（一九一九年）という小説であった。

本作のヒロイン、ダイアナ・メイヨーはイギリス上流階級に属する令嬢。早くに両親を失い、気の合わぬ兄を後見人として育ったダイアナは、成人して後見人が必要なくなったのを機に、兄の束縛から逃れるべく、従者を引き連れてサハラ砂漠横断の旅に出る。だが彼女が足を踏み入れた砂漠は西洋文明の管轄外、アラブ系部族のシーク（族長）であるアーメド・ベン・ハッサンの領土であって、ダイアナはたちまちの内に無法者の王アーメドに捕らえられ、凌辱の後に情婦にされてしまう。

ところでアーメドがダイアナを捕らえたのは偶然ではなかった。彼は最初からダイアナがイギリス人貴族の娘であることを知っていて、その上でこの蛮行に出たのである。彼はイギリス人貴族というものに対して、強い恨みを持っていたのだ。

実はアーメドはアラブ人ではなく、イギリス人貴族の父とスペイン人女性の間に生まれた白人だった。しかし彼の実の父親であるイギリス人貴族は、そのスペイン人女性を弄んだ揚句に捨ててしまう。身重の体で砂漠を彷徨(さまよ)っていた彼女の最期を看取ったのはアラブ人のシークであり、その際産まれたアーメドはシークによって育てられ、シークの死後は後継者として領土を受け継いだ。だからアーメドにとってイギリス人貴族は誰であれ母の仇、彼がダイアナを攫って情婦に仕立てたのも彼なりの復讐だったのだ。

というわけで、本作のヒロインとヒーローは最悪の出会い方をするわけであるが、ダイアナとてただ囚われの身に甘んじていたわけではない。そもそも彼女がサハラ砂漠にやって来たのは、冒険好きという男勝りの性格ゆえであり、無法者の王者たるアーメドを相手にしても少しも気後れすることなく何度でも脱走を試みる。アーメドもそんなダイアナの気の強さにいささか手を焼くのだが、そこはそれ若い男女のこと、顔を合わす度にいがみ合いながらも、一つ幕屋の下で生活を共にするうち、次第に互いのことを憎からず思うようになっていく。

そんなある日、アーメドが仕事で領土を離れている時に、ダイアナはアーメドの部族と敵対する他部族からの襲撃を受ける。アーメドがダイアナに御執心であることを知ったその部族の族長が、戦争のきっかけを作るためにダイアナの誘拐を試みたのだ。そして後にそれを知ったアーメドは精鋭部隊を引き連れてライバル部族を逆襲、獅子奮迅の立ち回りで見事ダイアナの奪還に成功するも、アーメド自身は深手を負ってしまう。

生死の境を彷徨うアーメドを救ったのは、ダイアナの懸命の看護であった。かくして一命を取り留めたアーメドは、自分がいかに深くダイアナを愛しているかを自覚、彼女に正式にプロポーズし、二人が結婚を約したところでこの物語は幕を閉じる。

さて、右に述べてきた筋書きの『シーク』がセンセーショナルな評判を呼んだのは、この小説のヒーローであるアーメドのアラブ人としてのキャラクターが、従来のロマンス小説のヒーロー像とはまったく異なる、斬新なものだったからである。二十世紀に入って既に二十年近くが経ってはいたが、この頃はまだ異人種間結婚に対する世間のハードルは高かったのであって、たとえ架空の物語のことであっても、白人女性が褐色の肌をしたヒーローと結ばれるなどということは、当時の読者にとっては相当に衝撃的だったのだ。しかも両者の出会いはヒーローによるヒロインの誘拐と凌辱という形を取ったのだから、なおさらである。

しかし、そんなセンセーショナルな側面を一旦脇に置いて見れば、実はこの作品が見かけとは違って案外伝統的なロマンス小説であることがわかる。

まずヒーローのアーメドは非嫡出子であるとはいえ、元はイギリス人貴族とスペイン人女性の間に生まれた白人であって、ヒロインの身分と比べてさほど遜色があるわけではない。しかも今の彼は圧倒的な武力と統率力によって砂漠に君臨する王者なのだから、ロマンス小説のヒーローとなるに十分な資格がある。また彼がヒロインを凌辱する問題のシーンにしても、彼の実の父親であるイギリス人男性が彼の母を弄んで捨てたことへの復讐と考えれば、多少なりとも情状酌量の余地はある。

そしてアーメドにまつわるこれらのマイナス面をある程度払拭した後にこの小説の有り様を再検討するならば、先にロマンス小説を形作るものとして挙げた三つの条件、すなわち、一、ストーリーがヒロインの視点から語られる　二、ヒロインは様々な面で自分より勝るヒーローを愛の力で屈服させる　三、ヒロインはヒーローとの結婚によって、社会的・経済的地位の上昇を得る、という三条件をほぼ完全に満たしていることは明らかだろう。その意味でこの小説は、スキャンダラスな見かけによらず、実はきわめてオーソドックスなロマンス小説なのだ。

その正体がオーソドックスなロマンス小説だとわかってしまえば、世の女性読者たちが安心してこの小説を手にし始めたのも当然だろう。事実、本作は出版と同時にイギリス国内の女性読者の間で爆発的な人気を博し、時を経ずしてアメリカ版が発売されると、彼の地でも二年間にわたってベストセラー・リストに載り続け、一九二一年に封切られた映画版は、主演したルドルフ・ヴァレンティノの人気も手伝って世界中の女性を虜にすることとなった。そしてこの小説が提示した「砂漠の恋」のテーマは、その後、ヴァイオレット・ウィンズピアの『ブルー・ジャスミン』（一九六九年）であるとか、バーバラ・カートランドの『砂漠に花ひらく恋』（一九七六年）をはじめとして、同工異曲のロマンス小説群に引き継がれ、今日に至るまでロマンス小説の一大サブ・ジャンルを形成しているのだから、砂漠ロマンスの人気が今なお少しも衰えていないことが窺える。

ゴシック・ロマンスの登場

さて、一九一九年に突如登場して一世を風靡して以来、その影響を今日まで残している砂漠ロマンスに次いで、四〇年代以後のアメリカのロマンス／恋愛小説市場を席捲したのが「ゴシック・ロマンス」である。そしてその代表例が、一九三八年に発表され、四〇年には名匠アルフレッド・ヒッチコック監督の手で映画化された『レベッカ』という作品。書いたのは、これまたイギリスの女性作家、ダフネ・デュ・モーリアである。

物語は、金持ちの老婦人の付き添いの仕事をしている身寄りのないヒロイン（名前は明らかにされない）が、モンテカルロで休暇を過ごしていた富豪の壮年男性マキシム・ド・ウィンターと出会い、恋に落ちるというところから始まる。ストーリーの始まり方からして、ガール・ミーツ・ボーイの典型的なロマンス小説である。

ところが、この物語はこの先、通常のロマンス小説のパターンから少しずつ逸脱し始める。通常のロマンス小説であれば、このあたりで「ライバル女」が登場してきて、この女がヒロインとヒーローの恋路を邪魔するような小細工をし、ために ヒロインとヒーローは誤解と喧嘩を繰り返して、二人の関係は二転三転……と話が進むはずなのだが、『レベッカ』の場合はそうはならない。二人の恋はとんとん拍子に進み、あれよあれよという間に結婚と相成り、そして楽しい新婚旅行の後にマキシムが所有するマンダレイの大邸宅で二人の新生活が始まる。

何だか物足りない？　でも、大丈夫。この小説においても、ライバル女はちゃんと登場する。それがレベッカ、つまりマキシムの前妻である。しかもここがひと捻りあるところなのだが、レベッカは既に死んでいるという設定なのだ。

そう、『レベッカ』のヒロインが対峙しなければならない「ライバル女」は、マキシムの死んだ前妻レベッカなのである。しかもこのレベッカ、生前は絶世の美女とうたわれ、マンダレイの屋敷に君臨していた女主人であって、その圧倒的な存在感は死してなお健在。実際、マンダレイの屋敷にはレベッカの痕跡が今なおあちこちに見られる。例えばレベッカが使っていた部屋、レベッカが愛用した品々、レベッカが決めた屋敷の仕来り（しきたり）、そういうものがあたかも彼女が生きている時と同じように維持されているのだ。そして彼女の後釜であるヒロインを見下ろすかのようなレベッカの肖像画！　その美しい肖像画は、マキシムと同じ上流階級出身であるレベッカの誇りを示し、平民出身のヒロインをいたたまれないような思いに陥れる。

　しかし、何と言っても極めつけは、マンダレイの屋敷で召使長を務めるダンヴァース夫人である。かつての女主人レベッカを盲目的かつ狂信的に崇拝しているこの女、どこの馬の骨かもわからぬマキシムの後妻に快く仕えようなどとは毛ほども思っていない。むしろ彼女を屋敷から追い出すために、ありとあらゆる嫌がらせをしようと手ぐすねを引いているのだから、ヒロインがマンダレイの屋敷で針の筵（むしろ）に座っているような気にさせられるのも無理はない。

　そういうこともあって、本来なら新婚の楽しい時期であるはずのヒロインは、次第に自分自身に対する自信を失っていく。否（いな）、そればかりでなく、彼女は夫であるマキシムに対しても、疑惑の目を向けるようになってしまう。マキシムが自分と結婚したのも、単に死んだレベッカの代理をさせようとしているだけであって、彼はまだレベッカのことを忘れられずにいるのではないか、という疑惑を抱くのだ。実際、マキシムの行動もヒロインの誤解を助長するようなところがある。

　ところがこのレベッカという女、類稀なる貴婦人であるどころか、実はとんでもない性悪女だったのである（やっぱり！）。マキシムと結婚したのも金目当て、一旦妻の座に納まってしまえば貞淑な妻の振りをするなんてまっぴらという女で、金は浪費する、マキシムの目の前で堂々と浮気はするといった具合。マキシムから見れば悪夢のような女だったのだ。そのことをマキシムは結婚後すぐに見抜くのだが、家名に傷をつけることを恐れ、離婚までは踏み切れない。で、そういうマキシムの性格を知り尽くしたレベッカは、ますます図にのって浮気に精を出す……。

だが、ついにマキシムの堪忍袋の緒も切れる時がやって来る。彼の小心ぶりをあざ笑うかのように、愛人の子供を身ごもったと告げる彼女を、マキシムは拳銃で撃ち殺してしまうのだ（ただし映画版ではマキシムはレベッカを殴るだけで、ただ打ち所が悪くて彼女が死ぬという設定になっている）。罪の露呈を恐れたマキシムは、レベッカの死体をボートに乗せ、事故に見せかけてボートごと海に沈める。かくして妻を「事故で」失ったマキシムは、傷心を抱いてモンテカルロへ行き、しばし無為の日々を過ごすのだが、それはレベッカの記憶、そして殺人の記憶から逃れたかったからに他ならない。

そしてそこで彼はレベッカとは対照的な、容姿よりも心の美しさにおいて際立った女性に出会い、本当の恋に落ちた。つまりヒロインが抱いていた疑念はまったく杞憂（きゆう）に過ぎず、マキシムにとってヒロインはまさに救済の天使だったのである。マキシムが彼女と結婚した後も依然としてレベッカを忘れられずにいるように見えたとすれば、それは彼女が愛しいからではなく、忌まわしい罪の記憶から彼がいまだ逃れられずにいたからなのだ。

このマキシムの憂鬱は、しかし、やがて実際の恐怖に変わる。マキシムが沈めたボートとレベッカの死体は、ある偶然から陸に引き上げられることになるのだ。またそうとなれば上流階級のスキャンダルにジャーナリズムが飛びつかないわけがない。たちまちマキシムは妻殺しの嫌疑をかけられ、いずれ裁判沙汰になることは必至ということになる。もはや自分の罪を隠蔽しきれないと覚悟した彼は、ヒロインにすべてを告白する。けれど、マキシムが前妻に対して何の愛情も抱いていなかったことを知り、自分こそが真の意味で彼の妻であることを知ったヒロインは、それまで失いかけていた自信を取り戻すと同時に、最後まで彼の側に立つことを誓う。

ところがこのマキシムにとっての絶体絶命の危機的状況は、まったく意外な方向に展開することとなる。レベッカの主治医の証言によって、彼女が末期癌に侵されていたことが判明するのだ。要するにレベッカは、自分の命が残りわずかなのを知り、わざとマキシムを怒らせて自分を殺すように仕向けていたのである。そしてこの医者の証言によってレベッカの死は自殺と認定され、マキシムに対する嫌疑は鎮静化する。

かくして、ついにレベッカの呪いから逃れ出たマキシムとヒロインは、喜び勇んでマンダレイの屋敷へと戻るのだが、一難去ってまた一難、そこで二人は屋敷が劫火に包まれているのを目撃する。そしてその燃え盛る炎の中には、かのダンヴァース夫人の姿が！　レベッカのものであるこの屋敷をヒロインなんぞに譲るくらいなら、我が身もろとも燃やし尽くしてみせる、そんなダンヴァース夫人の呪詛と共に、レベッカを葬ったことの代償としてマキシムは先祖伝来の屋敷を失う。

しかしそのことがまた一種の罪滅ぼしとなって、マキシムがヒロインを心置きなく妻として迎えるための準備も整うことにもなる。かくしてレベッカの亡霊が屋敷もろとも灰燼に帰したところで、サスペンスに満ちたこの物語の幕は閉じる。

夫が私の命を狙ってる!?——ゴシック・ロマンスの醍醐味

このように筋書きだけ見ても実に面白い『レベッカ』であるが、本作はヒロインの視点から語られ、ヒロインは内面の美しさによってヒーローの心を捉え、最終的にヒロインは上流階級の富豪であるヒーローの妻の座を確保することで玉の輿に乗るわけであるから、この小説が例の三条件を兼ね備えた立派なロマンス小説であることは間違いない。ではなぜ、この小説は単なるロマンス小説ではなく、「ゴシック・ロマンス」と呼ばれるのか。

「ゴシック・ロマンス」の「ゴシック」というのは、もともと建築学の用語であって、事典の類でこの言葉を調べれば、「十二世紀～十五世紀にフランスを中心として発達した建築様式。アーチと弓形の天井を特徴とする」などと書いてある。つまり中世からルネッサンスにかけての時代、主として寺院建築などに用いられた荘厳な建築様式のことであって、パリのノートルダム大聖堂がその代表例だと言えばイメージが摑めるだろう。

ところがこれが文学上の用語としての「ゴシック小説」となると、時代区分としての中世とは関係がなくなり、「十八世紀半ばから十九世紀初頭にかけてイギリスで流行した中世風怪奇小説」を指すことになっている。この時代、「ゴシック建築の古城などを舞台にした、恐怖・怪奇を主眼とする物語」が流行ったのだ。

ところで、「ロマンス小説」の三条件の一つに「物語がヒロインの視点から語られる」ということがあることは既に何度も述べたが、実はこの原則、ゴシック小説にも大抵当てはまる。例えばこのジャンルの代表例の一つであるアン・ラドクリフの『ユードルフォの謎』（一七九四年）にしても、ヒロインのエミリーが、義理の伯父であるモントーニ伯爵に勧められた結婚話を断ったためにその怒りを買い、不気味な古城の一室に閉じ込められてさんざん恐怖を味わわされるというような筋書きであって、当然、ストーリーは被害者たるエミリーの視点から語られることになる。誰かを怖がらせるということになれば、男を怖がらせるより女性を怖がらせた方が面白いに決まっているのだから、ゴシック小説の多くがヒロインの身に降りかかる恐怖をヒロイン自身が語るという語りの構造を取るのも理解できる。

ただゴシック小説の勘所というのは、ただ単にヒロインを怖がらせることにあるのではない。身寄りのないヒロインの保護者であるべき人物――それは彼女の後見人であったり、恋人であったり、時には夫となる人物であったりするわけだが――そういうヒロインが最も信頼を寄せる男性が、実は彼女の真の敵だったのではないかという疑いをヒロインが抱き始める、その恐怖のプロセスが重要なのだ。ゴシック・ロマンス評論家のジョアンナ・ラスによれば、ゴシック小説を象徴するセリフとは、「助けて！　誰かが私の命を狙っている！　しかもその誰かというのは、どうやら私の夫らしいの！」だそうだが、登場人物の中で誰がヒロインの敵で誰が味方なのか、その線引きが次第に曖昧になってくる恐怖にこそ、ゴシック小説の醍醐味がある。

さて、「ゴシック小説」なるものがそういうものだとして、そこに「ロマンス」という言葉が結びつき、「ゴシック・ロマンス」となるとどうなるか。言葉の定義からすれば「人里離れた古い大きな屋敷の中で、敵か味方かわからないミステリアスなヒーローの行動に悩まされるヒロインが、最終的にはそのヒーローと幸福な結婚をし、社会的・経済的身分の上昇を経験する物語（をヒロインの視点から語ったもの）」ということになるだろう。またそうであるとすれば、この定義がそのまま『レベッカ』という小説の定義になることは言うまでもない。『レベッカ』という小説が、イギリスの女性作家シャーロット・ブロンテによって一八四七年に書かれ、アメリカでもよく読まれた『ジェイン・エア』と並んで、今なお「ゴシック・ロマンスの代表的な作品」と呼ばれる所以はここにあるのだ。ちなみに『ジェイン・エア』と『レベッカ』は、どちらも一九四〇年代に映画化（『レベッカ』は四〇年、『ジェイン・エア』は四三年）されただけでなく、映画版『レベッカ』でヒロイン役を演じたジョーン・フォンテインは、なんと『ジェイン・エア』の映画版でもヒロイン役を演じていた。偶然にせよこの二つの作品は、書かれた時代こそ百年近い差があるものの、二十世紀半ばに「映画」というメディアを通して互いに重なり合いながら、ロマンス小説の一ジャンルとも言うべきゴシック・ロマンスの人気を高めるのに一役買っていたのである。

そしてアメリカにおけるゴシック・ロマンスの人気は、『メリン屋敷の女主人』（一九六〇年）という作品を書いてダフネ・デュ・モーリアの再来とも言われたヴィクトリア・ホルトや、ゴシック・ロマンスの流れを汲む「サスペンス・ロマンス」の傑作、『この荒々しい魔術』（一九六四年）で知られるメアリー・スチュアートらの活躍もあって、一九六〇年代以降も長く続くこととなった。

新しいロマンスはイギリスからやって来る

以上、十八世紀半ばの『パミラ』をスタート地点とし、そこから「誘惑小説」「家庭小説」

「玉の輿小説」「砂漠ロマンス」「ゴシック・ロマンス」という順序で二十世紀半ば過ぎまで発展してきたアメリカのロマンス／恋愛小説史を概観してきたが、このように見てくると、アメリカの女性読者たちはこれら一連のロマンス／恋愛小説の変遷の中で、ロマンス小説の読みどころ、すなわち、

一、ヒーローと結ばれるまでに、ヒロインはさんざん苦労する
（「誘惑小説」「家庭小説」「玉の輿小説」「砂漠ロマンス」「ゴシック・ロマンス」）
二、ヒロインにとって、ヒーローの言動は常に謎だ
（「誘惑小説」「ゴシック・ロマンス」）
三、それにも拘らず、ヒロインはヒーローに負けないほどタフで勇敢だ
（「家庭小説」「砂漠ロマンス」「ゴシック・ロマンス」）
四、最終的にヒーローと結婚することで、ヒロインの身分は上昇し、それまで彼女を悩ませていたすべての悩みから解放される
（「誘惑小説」「家庭小説」「玉の輿小説」「砂漠ロマンス」「ゴシック・ロマンス」）

といった一連の読みどころをしっかり会得したと言っていい。そしてそれと同時に「新しいロ

マンス／恋愛小説の波は、いつもイギリスからやって来る」という感覚も、おそらく身に付けたのではないだろうか。

一九六〇年代のアメリカは、イギリスからカナダ経由でやってきた大衆的なロマンス叢書、それも「ペーパーバック」という新しい装いを纏った斬新な「ハーレクイン・ロマンス」を受け容れる準備が、既に十分にできていたのである。

【コラム】新しいヒーロー像「アルファ・マン」

アメリカにおけるロマンス／恋愛小説の歴史を扱った本章の中で、E・M・ハルが一九一九年に発表した『シーク』というロマンス小説に触れたが、実はこの小説こそ現代ロマンス小説のヒーロー像の確立に大きなインパクトを与えた重要な作品であり、その影響はハーレクイン・ロマンスにおけるヒーロー像にも及んでいる。そこで本コラムでは、この点についてもう少し掘り下げてみたい。

先に述べたように『シーク』という小説は、サハラ砂漠に君臨するアラブ系武装集団の王者たるアーメド・ベン・ハッサン（実はイギリス人貴族とスペイン人女性との混血）と、彼に誘拐され、情婦にされながらも最終的には彼の心を射止めるイギリス人女性冒険家ダイアナ・メイヨーとの数奇な恋を描いてセンセーショナルな評判を引き起こし、さらに一九二一年、イタリア系（ラテン系）人気俳優ルドルフ・ヴァレンティノ主演で映画化されると、その人気はさらに沸騰した。

そして小説版『シーク』と映画版『シーク』の爆発的な大ヒットを境にして、ロマンス小説におけるヒーロー像がガラリと一変するのである。

それ以前の時代、ロマンス小説のヒーローと言えば、大概、もっと落ち着いた下級貴族か大地主であった。大衆向けロマンス小説史でいう「郷紳（きょうしん）時代」という奴で、ヒーローの年齢層が高めに設定されていたことから「ファーザー・ヒーロー」の時代とも呼ばれている。この時代にそれなりの地位と財産があり、しかもロマンス小説のヒーローらしくミステリアスでいられる平民なんてそうはいないので、この頃のヒーローが年嵩の郷紳に限定されがちなのは当然である。

ところが、そんな落ち着き払った紳士ばかりが揃っていたところに、突如『シーク』のワイルドなヒーロー、アーメド・ベン・ハッサンが登場したものだから、世のロマンス小説ファンはビックリ仰天。一夜にして黒目・黒髪、強靭な肉体を持った若きアウトローが、新世代のヒーロー像に祭り上げられることとなった。従来のファーザー・ヒーローとは大きく異なる、若く機動的な「アラブ／ラテン・ヒーロー」時代の到来である。

もっともファーザー・ヒーローたちだって、体力勝負の若いモンにまんまとヒーローの地位を奪われたまま指を咥えていたわけではない。疾風怒濤の一九二〇年代が世界大恐慌によって幕を閉じ、時代が保守化するにつれ、体力はなくとも財力はあるオヤジさんたちが再び勢いを盛り返すのだ。

かくしてこの後、ロマンス小説におけるヒーロー像は、ファーザー・ヒーロー時代とアラブ／ラテン・ヒーロー時代を十年から二十年の周期をもって交互に繰り返すことになる。つまり一九二〇年代から三〇年代半ばくらいにかけてはアラブ／ラテン・ヒーローの時代、三〇年代末から五〇年代はファーザー・ヒーローの時代、六〇年代は再びアラブ／ラテン・ヒーローの時代……といった調子。また大衆的ロマンス小説の世界におけるこのような流行り廃りは、もう少し一般的な文学作品にまで敷衍（ふえん）しても当てはまることが多く、例えばこの観点からすると『風と共に去りぬ』（一九三六年）のレット・バトラーはギリギリ黒目・黒髪アウトローの範疇か、とか、『レベッカ』（一九三八年）のマキシム・ド・ウィンターはやはりファーザー・ヒーローの部類だろう、などという連想も浮かんでこよう。

もっとも、ロマンス小説史と通常の文学史が常に連動するとは限らないのがまた面白いところで、例えば一九二〇年代初頭の作品にせよ四〇年代後半の作品にせよ、現代もののロマンス小説の中で戦争が描かれることはきわめて少なく、それゆえ兵士がヒーローとなるロマンスも少ない。これはロマンス小説というものが、ある程度の期間をおいて再刊されることを前提にしている商品だからである。少しでも戦争のことに触れてしまうと、途端に時代が限定され、再刊が難しくなってしまうのだ。またロマンス小説というのは基本的に「女性にひと時の夢を見させる文学」なので、その時代その時代の現実を必ずしも直視しない。そのため通常の文学史/文化史では「怒れる若者たち」や「ビート・ジェネレーション」の時代と呼ばれ、無軌道な若者たちが時代の象徴となっていた一九五〇年代、ロマンス小説の世界では逆に地位も分別もある大人が主役を張っていた。例えば『素晴らしきソフィー』(一九五〇年)などの作品で知られるジョージェット・ヘイヤーお得意の「リージェンシー・ロマンス」であるとか、前述した医師と看護師のアバンチュールを描く「ドクター・ナースもの」は、この時代のロマンス小説の典型である。

しかし、ロマンス小説史におけるファーザー・ヒーローとアラブ/ラテン・ヒーローの勢力争いにも、ついに終止符が打たれる時が来る。キャスリーン・ウッディウィスの『炎と花』(一九七二年)を端緒とする「エロティック・ヒストリカル・ロマンス」ブームの影響から、アウトロー系のヒーローが一世を風靡する一方、イギリス系のハーレクイン・ロマンスは相変わらずちょっと古風なファーザー・ヒーロー路線を堅持するといった形で、二つのヒーロー像の混在が続いた一九七〇年代を経た後、八〇年代を目前に控えたロマンス小説界は、「最終兵器」となる新たなヒーロー像を手に入れるのだ。大企業を率いるビジネス・エリートでありながら、容姿はアラブ/ラテン・マッチョそのもの。まさにファーザー・ヒーローとラテン・ヒーローのアマルガム、現代ビジネスという名の砂漠に君臨する若きシークとも言うべき新世代ヒーローの登場である。世界中のロマンス小説ファンは、この新世代ヒーローを、畏敬の念を込めて「アルファ・マン」と呼ぶ。

と、ここまで述べれば、本書第二章で述べたハーレクイン・ロマンスの典型的なヒーロー像こそが、まさにアルファ・マンの描写であることに気付かれるだろう。ビジネス・エリートにして野獣、ヒロインを苛めながら守り、奪いながら惜しみなく与え、征服しながら平伏してもくれる。そんなヤヌスの顔を持つハーレクイン・ロマンスのヒーローたちは、ロマンス小説の長い歴史の中で培われてきた二種類の理想の男性像の「いいとこどり」をした、完全無欠のアルファ・マンだったのである。無論、こんなスーパー・ヒーローなど現実に存在するとは思えないし、ハーレクイン社が一度だけ試みたロマンス小説の映画化（『雪物語』一九七八年）の無惨な失敗からすれば、おそらく銀幕の世界にすら存在し得ないだろうと思うのだが、「ロマンス小説」という名の活字の世界においては、このアルファ・マンたちが確固としたリアリティーを持ち、今日に至るまで、ヒロイン（及びヒロインに感情移入した女性読者）たちを魅了し続けているのだ。

活字の行間から立ち現れるアルファ・マンとの密やかな逢瀬がもたらす恍惚世界の魅力は、世のロマンス小説ファンの女性たちだけが知っているのである。

第五章　ロマンス戦争勃発

右肩上がりの一九七〇年代

第二章で述べたように、一九六三年にアメリカ上陸を果たして以来、ハーレクイン・ロマンスの彼の地での人気はずっと続いていた。人気ロマンス作家の作品を散発的に出版する他社とは異なり、有名・無名取り合わせた多数の専属作家を擁し、毎月決まった日に一様に面白い八冊（当時）ものロマンス小説を確実に供給してくれるハーレクイン社は、安心のブランドとしてアメリカ中のロマンス小説ファンの絶大なる信頼を勝ち得ていたのである。

実際、一九七〇年代におけるハーレクイン社の成長には著しいものがあった。アメリカ進出八年目に当たる一九七一年には一千九百万部を売り、七百七十万ドルの年商で、純益が十一万ドルであったのに対し、その六年後の七七年には一億八百万部を売り、八千五百万ドルの年商、純益は一千二百五十万ドルに上っている。利益率も通常のペーパーバック出版の三倍とも言われる一五％の水準を維持し、返本率にしても他のペーパーバック出版社が一タイトル平均十二万部を刷って四〇～五〇％の返本率だったのに対し、ハーレクイン・ロマンスは一タイトル五十万部刷って返本率は二七％程度であったという。そんな調子で一九八〇年には一億八千八百万部を売り、純益二千百万ドル、大手書店チェーンにおけるペーパーバック販売の約三割をハーレクイン・ロマンスが独占したとも言われているのだから凄まじい。

もっとも一九七〇年代のハーレクイン社があらゆる面で成功していたかと言うと、決してそういうわけでもなく、実はこの時期、同社の企画が失敗したケースも多々あった。例えば一九七〇年に教育関連書市場への進出を狙って創刊した「スカラーズ・チョイス」シリーズもその一つで、これは結局十分な収益を上げるところまで行かず、八二年に打ち切りが決定している。また一九七六年には「アイディール・パブリッシング」という雑誌出版社を買収するなどして雑誌市場への参入を狙い、ティーン向けの映画雑誌を創刊しているが、これもほどなくして撤退を余儀なくされた。さらに読者のほぼ一〇〇%が女性と言われるロマンス市場だけでなく、男性読者の獲得をも目指して人気サスペンス作家ドン・ペンドルトンを他社から引き抜き、彼が生み出したキャラクター、「マック・ボラン」が活躍するサスペンスとして「ゴールド・イーグル」シリーズを創刊したこともあったのだが、これも期待したほどの成果は出せなかった。このように一九七〇年代のハーレクイン社は、子細に見るとむしろ失敗した企画の方が多かったとさえ言えるのだが、本業であるロマンス出版があまりにも好調だったため、これらの失敗はさほど目立つことはなかった。

ところが一九七〇年代も終わりに近づいた七九年、ハーレクイン社は、右に述べた様々な失敗とは別種の、ある決定的な失敗を犯すことになる。そしてこの失敗をきっかけとして、翌一九八〇年にはハーレクイン・ロマンスにとって手強いライバルが出現、かくして「ロマンス戦争」の火蓋が切られることになるのである。

ライバル「シルエット・ロマンス」の登場

一九七九年にハーレクイン社が犯した決定的な失敗とは、それまで同社のロマンス叢書のアメリカ国内での配本を担当していたサイモン&シュスター社との契約を打ち切り、独自の配本ネットワークの構築を図ったことである。だがハーレクイン社が犯したこの経営戦略上のミスの意味を十分に理解するためには、その前にまずアメリカにおけるペーパーバック市場の特殊性と、この市場での配本の重要性について述べておかなければならない。

もともとアメリカ市場というのは、こと本の販売に関して非常に特殊な事情を抱えている。広大な国土を持つこの国では、人口の集中している都市部を除き、書店を通じた本の販売が難しいのだ。良書の郵送による販売を意図して一九二六年に設立された「ブック・オブ・ザ・マンス・クラブ」から、今日のインターネット書店「アマゾン」に至るまで、伝統的に本の通信販売が盛んに行なわれているのも、こうしたアメリカの特殊な流通事情の顕れと言える。しかしその反面、新聞や雑誌の簡易販売所、いわゆる「ニューススタンド」のネットワークが発達していたため、新聞・雑誌の流通に関しては十分なキャパシティーがあった。

そして一九三九年に前述したポケットブックス社というペーパーバック出版社が自社のペー

パーバック本を新聞や雑誌と同じルートで配本、全米津々浦々にあるニューススタンドで販売するという画期的な販売方式を採用して以来、アメリカでは安価なペーパーバック本は主として新聞・雑誌と同じルートで配本・販売されるという独特の商習慣が出来上がったのである。となると、ペーパーバック版のロマンス叢書を販売するハーレクイン社としても、アメリカでビジネスをしようという以上、この配本の問題をクリアしなければならないのは当然で、同社はアメリカ市場に進出するに当たり、最初は雑誌出版・配本業大手のカーティス社と、またその後はポケットブックス社（及び、その親会社であるサイモン&シュスター社）と契約を結び、ポケットブックス社のペーパーバック本と同じ流通ルートでハーレクイン・ロマンスを販売していた。

だが一九七〇年代も半ばを超えた頃、ハーレクイン社は自社製品の配本に関するサイモン&シュスター社との契約に疑問を感じるようになっていた。何しろ一九七〇年代半ばと言えば、ハーレクイン・ロマンスがアメリカで爆発的に売れていた時期であって、ハーレクイン社がサイモン&シュスター社に支払っていた配本料も膨大な額に上っていた。とすれば、当時ハーレクイン社の経営合理化を積極的に推し進めていたW・L・ハイジーが、サイモン&シュスター社との契約を打ち切り、自前の配本ネットワークを構築した方が得策ではないかと考えたのも無理はない。かくして一九七六年、ハイジーはサイモン&シュスター社社長のリチャード・スナイダーに対して配本契約の打ち切りを打診、この時はサイモン&シュスター社側の抵抗にあって三年間の契約延長という妥協案が通ったものの、この延長契約が切れた七九年、スナイダー社長の「これは戦争ですぞ!」という最後通牒を無視する形でサイモン&シュスター社との契約を打ち切り、新たに百三十人もの社員を雇用して、自社配本の実現に取りかかったのである。

ところが、ハーレクイン社のこの決定は明らかに「凶」と出た。上述したように、当時ハーレクイン・ロマンスの配本によってサイモン&シュスター社が得ていた収入は膨大な額に上っており、これを失ったことは同社にとって大きな打撃であったし、またその責任を問われたリチャード・スナイダーは、九万ドルものボーナス・カットを受けたのだが、アメリカン・ペーパーバック・ビジネスの大手たるサイモン&シュスター社にしても、リチャード・スナイダーにしても、これほど大きな打撃を黙って見過ごすほど甘くはなかったのである。スナイダーの「これは戦争ですぞ!」という最後通牒は、まさにその言葉通りに解すべきものであったのだ。

かくして配本契約をめぐる両者の決裂の翌年となる一九八〇年、サイモン&シュスター社は、ハーレクイン社への報復措置として「シルエット社」なる子会社を急造、ハーレクイン・ロマンスと体裁・内容のよく似たロマンス叢書「シルエット・ロマンス」シリーズの出版を開始した。準備期間こそ一年と短かったものの、ハーレクイン社からマーケティング部副部長のP・

J・フェネルを引き抜き、三百万ドルもの巨費を投入して大々的なテレビ・コマーシャルを打つなど、まさに手段を選ばぬ突貫工事の末の、鳴り物入りの市場参入である。

一九七〇年代後半、アメリカにおけるペーパーバック・ロマンス市場で八割のシェアを誇り、ほぼ一人勝ちの状態にあったハーレクイン社は、ここに至って「シルエット・ロマンス」という強力なライバルを持つことになったのだ。そして以後、両社が繰り広げた熾烈な「ロマンス戦争」は、やがてハーレクイン・ロマンスというロマンス叢書が潜在的に抱えていた二つの弱点を、図らずも露呈させることになるのである。

実は奥手なハーレクイン・ロマンス

では、そのハーレクイン・ロマンスの持つ「二つの弱点」とは何か。

既に述べたように、ハーレクイン・ロマンスは、もともとイギリスのミルズ&ブーン社が刊行していたロマンス叢書をペーパーバック化した再刊本である。ゆえにハーレクイン・ロマンスは、ミルズ&ブーン社のロマンス叢書の特徴、すなわちエロティックな場面がきわめて少ない「上品で、ハッピー・エンド」なロマンス小説であること、及び、基本的にイギリスを舞台にし、イギリス人女性をヒロインに据えたエキゾチックなロマンス小説であること、をそのまま引き継いでいた。そしてこの二つの特徴ゆえに、ハーレクイン・ロマンスはアメリカ中の女性読者を魅了し続けてきたのである。

しかし、ロマンス小説の人気が高まり、それを読む女性読者も多様になってくるにつれ、上品で、ハッピー・エンドなロマンス小説だけでは満足できない読者が増えてきたのも事実。そしてハーレクイン・ロマンスに満足できない読者が求めていたものとは、端的に言えば、ハーレクイン・ロマンスとは反対の方向性を持ったロマンス、すなわちエロティックなロマンス小説であった。「性革命」や「ウーマン・リブ運動」の影響から、女性の性衝動がごく自然なものとして受け容れられ始めていた一九七〇年代以降のアメリカ社会の中にあって、露骨なラブシーンの描写を嫌うハーレクイン・ロマンスの上品さは、さすがに時代後れと見なされたのだ。

また当時、ハーレクイン社が抱えていた百四十人の専属作家の中には、ジャネット・デイリーという例外中の例外を除いてアメリカ人作家が一人もおらず、そのためハーレクイン・ロマンスには「アメリカ人作家による、アメリカを舞台にした、アメリカ人ヒロインのロマンス小説」がほとんどなかったのだが、これは一九七五年の時点で売り上げの七割をアメリカ市場に依存する出版社の出版物の有り方として、あまりにもサービス精神に欠けていた。

そして「ラブシーン描写に消極的なこと」及び「アメリカ人作家による作品を採用しないこと」をハーレクイン・ロマンスの二つの弱点とするならば、対するシルエット・ロマンスの強みはその逆、すなわち何のためらいもなくラブシーン入りのロマンス小説を売り出せること、及び、アメリカ人女性をヒロインに据え、アメリカを舞台にした、アメリカ人作家の手になるロマンスを売り出せることにあった。となれば、シルエット・ロマンスがこの二つの強みを利用してハーレクイン・ロマンスの牙城を切り崩しにかかったのも当然だろう。特にラブシーン描写はシルエット・ロマンスの大きなセールス・ポイントであり、シルエット社側がこの利点を十分に活用することに抜かりはなかった。

ラブシーンはどこまで許される？

実際、「ラブシーンの許容度」は、両社のロマンス小説の質的な違いが明確に表れているところである。よく知られているように、女性向けロマンス小説を量産する出版社の多くは、作品を投稿してくれるロマンス作家に対し、「我が社では、このようなロマンス小説を求めています」ということを具体的に示した指針を「ガイドライン」として公開しているのだが、ハーレクイン社とシルエット社、双方のガイドラインの中の「ラブシーン」に関する規定を比較すると、この点における両社の差が明らかになるのだ。そこでまず、ハーレクイン社のラブシーン規定を見てみると、

ヒーローとヒロインが性的に惹かれ合っている場合、その緊張感は描かれるべきです。そ

もそもそれこそが物語を躍動させる秘訣なのですから。二人は結婚前から愛し合って構いません。恋人同士というのは、現実にそういうものでしょう。ただし、そういうことは心の動きの中に止めておくべきものであって、あからさまに描くべきではありません。寝室のドアを閉めて、後は恋する二人に任せましょう！　しかしながら、もしヒロインとヒーローが結婚前に愛し合う状況を描くことに対して、あなた自身にためらいがあるというのであれば、もちろん、描かなくて構いません。

となっていて、これを見れば明らかなように、ハーレクイン社はヒロインとヒーローの間に生じた愛の証としてラブシーンを描くこと自体は認めているものの、「寝室のドアを閉めておく」という言い方で、そういうラブシーンはほのめかすだけに留め、具体的には描かなくてもよい（描かない方がよい）、ということを間接的に勧めてもいる。

一方、シルエット社のラブシーン規定は以下のようなものである。

ヒーローとヒロインが一緒にベッドに行くことは構いません。（中略）愛の行為の描写は、ディテールまで含んだ官能的なものであるべきで、「彼は彼女に情熱的にキスした」というようなものに限定されるべきではありません。しかしながら、何をどう描くかについては自ずと限界もあります。一般的に言って、上半身の裸身を描くことは問題ありません。またほのめかすような描き方である限りにおいては、何を描いても構いません。ただ腰から下のことを描くとなると、少し注意が必要です。我らのヒロインの身体の「隠れた/秘密の」場所に漠然と言及するのは構いません。また我らのヒーローのその部分を指す「硬い逞しさ」というような言い方も、シルエット社の厳密な検閲規定に引っ掛かることはないでしょう。裸身を描くことも文脈によっては容認されます。しかし、あまり露骨なのはいけません。もちろん、痛みとか出血への言及はよろしくない。（中略）いずれにせよシルエット・ロマンスにおけるラブシーンはロマンティックであるべきです。我々の読者はヒロインと同様、ヒーローに恋しているのですから。

シルエット・ロマンスもまた幅広い読者層を想定したロマンス叢書であるだけに、ラブシーンの描写には一応慎重な姿勢を取ってはいるが、それにしても「愛の行為の描写は官能的であるべきで、ある程度まで具体的なことを書いても構わない」とか、「上半身のことであれば、裸身の描写をしてもよい」、さらには「ほのめかす程度であれば、性器の描写も可」といった趣旨の記述があり、ハーレクイン・ロマンスよりもはるかに官能的なラブシーンが描ける規定になっていることがわかる。

そしてこのような官能描写を許容するシルエット・ロマンスが、ハーレクイン・ロマンスのきわめて曖昧なラブシーン描写に隔靴掻痒の思いを抱いていたアメリカのロマンス小説ファンの心を捉え、その創刊と同時に爆発的な人気を得たことは容易に想像できるだろう。何しろシルエット・ロマンスは創刊わずか半年で九百五十万部を売り上げたというのだから、新興のロマンス叢書としてはまさに驚異的なスタートを切ったと言っていい。シルエット・ロマンスの謳い文句は「ハーレクインさんごめんなさい、何百万ものアメリカ女性は今、あなたの下から離れつつあるの（Sorry Harlequin, millions of American women are being unfaithful to you.）」だったが、この言葉の通り、ハーレクイン・ロマンスのファンの、シルエット・ロマンスへの「浮気」が始まったのだ。

アメリカ人作家の登場

しかし、ハーレクイン社が失ったのは愛読者だけではなかった。サイモン&シュスター社はシルエット社の設立に当たって、ハーレクイン社の専属作家の引き抜きも開始していたのである。中でも最大の収穫は、当時ハーレクイン社で唯一のアメリカ人作家であったジャネット・デイリーを二百万ドルの契約金でシルエット社に引き抜いたことだが、これを一つの前例として、その後アニー・ハンプソン、ソンドラ・スタンフォード、シャーロット・ラムなど、ハーレクイン社の人気専属作家の中でシルエット・ロマンスに移籍する作家も次々と出始めた。それは、長年ハーレクイン・ロマンスに作品を提供しているうちに、ハーレクイン・ロマンス独自の厳密な「ラブシーン規制」が邪魔になり始め、より規制の甘いシルエット・ロマンスの方に魅力を感じるようになったためとも言われるが、いずれにせよ、先の謳い文句に則して言うならば、ハーレクイン・ロマンスに対して「浮気」をし始めたのは顧客だけではなかったということになる。

そしてこれらハーレクイン・ロマンスからの離脱組に加え、かつてハーレクイン・ロマンスに投稿した経験を持ちながら、作品の出版まで漕ぎ着けなかった数多くの有能なアメリカ人作家たちがシルエット・ロマンスに作品を提供し出したのだから、シルエット・ロマンスの勢いが増すのも当然だろう。とりわけ、シルエット・ロマンスの別ラインとして一九八一年に創刊された「スペシャル・エディション」シリーズに『アデリアは今』が採用されたことでデビューを果たしたノーラ・ロバーツの人気は高く、これがシルエット・ロマンスの勢いをさらに煽ることとなった。かつてノーラ・ロバーツの投稿原稿を没にしたことのあるハーレクイン社としては、手痛いしっぺ返しを受けたのである。

ちなみにハーレクイン対シルエットのロマンス戦争は、時を経ずして日本にも飛び火している。日本市場への進出に関し、ハーレクイン社は非常に慎重で、ハーレクイン・ロマンスが日本に上陸したのはアメリカ進出から十六年の後、ようやく一九七九年のことだった。なぜこれほど日本進出が遅れたかと言えば、日本の恋愛小説市場を調査した結果、「日本では悲劇的な結末を迎える小説でなければ売れない」という報告を受けたハーレクイン社上層部が、常にハッピー・エンドで終わるハーレクイン・ロマンスは日本では受け容れられないだろうという結論に達したためである。一方、シルエット社側にはこうした慎重さは一切なく、アメリカでシルエット・ロマンスを発売した翌年、一九八一年九月には早くもサンリオと契約を結び、日本版シルエット・ロマンスの発売を開始している。来生（きすぎ）えつこ作詞・来生たかお作曲で大橋純子が歌った「シルエット・ロマンス」という曲は、シルエット・ロマンスの日本における創刊キャンペーンの一環として一九八一年一一月に発表されたものであるが、「ああ　あなたに　恋心ぬすまれて／もっと　ロマンス　私に仕掛けてきて」という歌詞に乗って、シルエット・ロマンスは日本におけるハーレクイン・ロマンスのシェアをも盗むべく、この地でもロマンス戦争を仕掛けたのであった。

アメリカ版官能ロマンスの誕生

さて、自社配本ネットワークの構築をもくろむという、快進撃を続ける企業としては当然の戦略を採用したことが裏目に出て、思いも寄らぬ「戦争」に巻き込まれてしまったハーレクイン社であるが、原因はどうあれ、とりあえず目の前に現れた強力なライバルの急成長を脅威と見た同社としては、さすがに重い腰を上げ、対抗策を立てざるを得なかった。その骨子はもちろん同社のロマンス小説の弱点を見直すこと、すなわちアメリカを舞台にし、アメリカ人のヒロインを主役に据えた、しかもある程度のラブシーン描写を含む「官能ロマンス」の導入である。

そしてこの方向での見直しの結果、一九八三年、ハーレクイン・ロマンスの伝統からすればまさに「鬼子」とも言うべき新シリーズが創刊された。「ハーレクイン・スーパーロマンス」がそれである。このシリーズのガイドラインを見てみると、

　ハーレクイン・スーパーロマンスは、様々なタイプのロマンスを刊行します。幾つか例を挙げれば、西部もの、名家もの、ロマンティック・サスペンスなど。小説の傾向も様々で、ユーモラスなもの、ドラマティックなもの、抒情的なもの、サスペンスに溢れたもの等々。そしてもちろん「妊娠したヒロイン」や「私生児のいるヒロイン」、あるいは「カウボーイ・ヒーロー」など、人気のあるジャンルのものであれば、すべて歓迎します。

となっていて、ヒロインに私生児がいる設定のロマンスまで認めていることがわかる。「ハー

ド・コアな慎み」（hard-core decency）という言葉で表されるハーレクイン・ロマンス特有の「ヒロインたるもの、処女であるべし」という神聖不可侵の鉄則は、ここにおいてついに打ち破られたのだ。また同じ一九八三年には「ハーレクイン・アメリカン・ロマンス」も創刊し、「アメリカを舞台にしたロマンス」への一層の梃入れも行なっている。

しかし、対するシルエット・ロマンス側も先制攻撃の成功に気を緩めることはなかった。同社はハーレクイン・ロマンスの官能化の動きを牽制するかのように、一九八二年に「シルエット・ディザイア」を創刊、より官能的なロマンス小説をシリーズ化して、このジャンルでの闘いを有利に進める戦略に出たのだ。事実、このラインは返本率が一〇％以下、すなわち出版した本のほとんどが売れてしまうという人気ぶりで、アメリカにおける官能ロマンスの人気を決定的なものとするのに一役買ったのだが、こうなると後手に回ったハーレクイン社としては、「スーパーロマンス」シリーズ以上に官能的なロマンス小説に手を出さざるを得なくなり、結果として一九八四年三月に「ハーレクイン・テンプテーション」シリーズを創刊している。このシリーズのガイドラインには「性的場面――それはたとえ主人公たちがまだ結婚していなくともよく、裸身の描写や二人が愛し合っている場面の描写があっても構わない――は、性行為そのものよりもヒーローのキスや愛撫によって喚起される高度にエロティックな感覚に重点を置くべきである。しかし身体的な悦楽を寿ぐ描写は、その精神的な側面同様、テンプテーション・シリーズの重要な一部である」と明記してあったが、これを見てもわかるように、もはやハーレクイン・ロマンスの官能化の動きには、歯止めが利かなくなりつつあった。

かくしてハーレクイン・ロマンスとシルエット・ロマンスの間の泥沼の競合を通じ、大衆向けロマンス小説のジャンルが全体的にエロティックな方向に振れてきたことは、アメリカの他のペーパーバック出版社をロマンス出版ビジネスに引き入れる契機ともなった。そのことは既に第二章で述べた通りだが、特に一九八〇年、ペーパーバック出版大手のデル社が「キャンドルライト・エクスタシー・ロマンス」シリーズを創刊して「エロティック・ロマンス」のジャンルに参入した影響は大きく、以後バークレイ／ジョーヴ社が一九八二年に「恋のセカンドチャンス」シリーズを創刊して「熟女ロマンス」のジャンルを開拓、さらにバンタムブックス社が「恋のサークル」シリーズを、ニュー・アメリカン・ライブラリー社が「恋のアドベンチャー」シリーズを、エイヴォン社が「ミスター・ライトを探して」シリーズを、バランタインブックス社が「ラブ&ライフ」シリーズを、相次いで創刊している。このようにアメリカの大手ペーパーバック出版社各社が軒並みロマンス市場に参入した結果、一九八三年には大手八社合わせて毎月百四十冊もの新刊ロマンスが市場に出回ることとなり、二年後の八五年にはロマンス小説のシェアが全ペーパーバック市場の四〇%を占め、各社合わせると年間五億ドルの売り上げを記録したというのだから、八〇年代半ばのアメリカ大衆文学シーンはロマンス全盛時代を迎えていたと言っていい。

ライバル出版社の買収

もっともこれだけ多くのライバル各社が一時にロマンス市場に参入すれば、市場飽和が生じるのは時間の問題である。その懸念通り、一九八四年までにアメリカのロマンス市場は完全に飽和状態となり、個々のロマンス小説の質も低下してしまった。またそれに伴ってロマンス小説ファンの不満の声も高まり、一九七八年には二五％という低い返本率を誇ったハーレクイン・ロマンスですら、この年の返本率は六〇％を超えるところまで悪化している。ちなみに返本率六〇％というのは、多くのペーパーバック出版社にとって黒字と赤字の分水嶺(ぶんすいれい)とも言われ、返本率が六〇％を超えたということは、すなわち、ハーレクイン社の経営状態が非常に芳しくない状態に入ったということを意味する。

無論、市場飽和に苦しんだのはハーレクイン社だけではなく、シルエット社やその他のペーパーバック出版社各社にとっても事情は同じだったはずだが、それにしても「持つもの」の苦しみと「持たざるもの」の苦しみでは意味が異なる。一九八二年に二千五百八十万ドルもの純益を誇ったハーレクイン社が、翌八三年にはわずか五百五十万ドルの純益しか得られなかったとなれば、同社がロマンス戦争によって被ったダメージが、他社のそれに比して格段に大きなものであったことは容易に想像できるだろう。ロマンス戦争勃発直前まで八〇%台を維持していたハーレクイン社のロマンス市場占有率も、一九八三年には四五%にまで下落しており、事態が楽観を許さないところまで来ていることは明らかだった。

事ここに至って、さしものハーレクイン社もこれ以上の競合は無意味と判断、戦争の終結へ向けて乗り出すことになる。そしてこの時、同社が選択した事態収拾への道筋は、おそらくは同社が取り得る唯一の選択肢にして、絶対確実な方法であった。なんとハーレクイン社は、ライバルのシルエット・ロマンスを、出版社ごと買収するという奥の手を使ったのである。

もちろん一つの出版社がもう一つの出版社を買収するとなると、相当な資金が必要になるのは言うまでもなく、シルエット社の買収について言えば、実に一千万ドルもの巨費がかかっている。しかし、当時のハーレクイン社にはそれを実行するだけの資金力があった。と言うのも一九八一年、ハーレクイン社自体がカナダの大手メディア企業であるトルスター社に買収され、その傘下に入っていたからである。またこれに伴ってハーレクイン社の経営体制も変わり、ロマンス戦争の火種を蒔いた張本人たるW・L・ハイジーが一線を退く一方、その後任として一九八二年にデヴィッド・ギャロウェイが新社長に就任していた。その点でも、両社の関係修復のための環境は整っていたと言っていい。

そしてこの新体制の下、一九八四年にハーレクイン社はサイモン&シュスター社のリチャード・スナイダーと交渉、サイモン&シュスター社傘下のポケットブックス社がハーレクイン・ロマンスの配本を担当することを条件に、つまり両社の関係を七九年の時点に戻すことを条件に、ハーレクイン社によるシルエット社の買収が成立したのである。一千万ドルの買収費は、時計の針を五年分巻き戻すためだけにしては随分高い授業料ではあったが、カナダの出版社が、アメリカ国内に独自の配本ネットワークを構築するというのは、それだけハードルの高い話だったのだ。

アメリカから世界市場へ

かくして「ハーレクイン対シルエット」の五年にわたるロマンス戦争は、ハーレクイン社によるシルエット社買収という形で収束した。戦争であるからには勝ち負けが付き物であるが、従来通りの配本権を確保したこと、及びシルエット・ロマンスのラインを売却したことなどによる一千万ドルの利益を考えると、この戦争の勝者が買収したハーレクイン社側ではなく、買収された側、すなわちシルエット社側であったことは言うまでもないだろう。ハーレクイン・ロマンスは、新興のロマンス叢書の出現によって脆くも一敗地にまみれたのだ。

しかし、この「敗戦」によってハーレクイン社には何の益ももたらされなかったかと言えば、必ずしもそうではない。何しろ最大のライバルであったシルエット・ロマンスの諸ラインが、買収によってそっくりそのままハーレクイン社の製品ということになってしまったのだから、もはやペーパーバック・ロマンスの市場でハーレクイン・ロマンスを脅かすライバルは存在しなくなったと言ってよく、端的に言えばそのことが同社にとって大きなメリットであった。しかも、今や同じ「ハーレクイン」の旗印の下に、ラブシーンの少ない上品なロマンスを志向する「ハーレクイン・ロマンス」系のラインと、ラブシーンをある程度積極的に許容する「シルエット・ロマンス」系のラインの二系統が存在することになったのだから、これがハーレクイン社の新たな強みとならないはずはなかった。実際、ロマンス戦争終結後、同社のロマンス市場におけるシェアは再び上昇に転じ、買収から八年後の一九九二年には、ハーレクイン社製品の北米ロマンス市場におけるシェアはついに八五％に到達している。ハーレクイン社が「ロマンス業界のガリヴァー」と呼ばれるようになったのも当然だろう。

だが、このロマンス戦争を通じてハーレクイン社が得たものは、結果としてのシェアの上昇だけではなかった。ロマンス戦争の発端と経緯と結果は、それ以降のハーレクイン社の経営の方向性に大きな影響を与えたのである。

顧みれば一九六三年にアメリカ市場に進出して以来、ハーレクイン社は自らの得意分野、つまり「上品で、ハッピー・エンド」なロマンス小説を売ることで業績を急速に伸ばしてきた。とはいえ、それは同社の製品を求める膨大な数の読者が偶然、アメリカに存在していたということであり、言わばカナダから出てきた弱小ロマンス出版社が、たまたま望外の僥倖に出くわしたということであって、その状態が未来永劫続く保証などどこにもなかった。これは単なる想像に過ぎないが、おそらくはハーレクイン社自体、自社のロマンス叢書がどうしてそれほどアメリカ市場で売れるのか、幾分は理解に苦しむところがあったのではないだろうか。そしてこの「いつまで売れるかわからない」保証のなさから来る不安が、前述したように、同社をして雑誌ビジネスや映画製作に手を染めさせてみたり、教育関連の本や男性向けサスペンス叢書を創刊することに向かわせたのではないかと私は推測する。将来の予測ができないからこそ、ロマンス出版以外の分野にも足掛かりを作っておこうという狙いである。

しかしその不安をよそに、ハーレクイン社のロマンス叢書は一九六〇年代後半からの十五年間、前年比三五%の売り上げ増を記録しながら売れ続けた。そしてこの勢いで売れ続けたことが、同社が抱えていた不安に目隠しをし、逆に自社製品に対する無謀なまでの過信を生じさせたのではないか。そのことは、ロマンス戦争勃発当時、ハーレクイン社のロサンゼルス支社で編集ディレクターを務めていたアンドリュー・エッティンガーの「ハーレクイン社は自分たちの名前には魔力があると思っていた。(中略)あまりにも長い間、本当の競争を経て来なかったので、自分たちは敵なしだと思い込んでしまったのだろう」という回想からも窺われるが、ハーレクイン社が犯した唯一/最大の愚行とも言われる「自社配本ネットワークの構築」への試みは、こうしたアメリカ市場の特殊性への認識不足と、自社のロマンス叢書の人気への過信に起因するものだったに違いない。

その結果、ハーレクイン社がそれまで配本会社として利用していたポケットブックス社、及びその親会社であるサイモン&シュスター社を敵に回すことになってしまい、アメリカ市場を熟知した彼らが作り上げたシルエット・ロマンスによって、ハーレクイン・ロマンスのシェアを一気に奪われてしまったことは既に述べた通りだが、おそらくはそういう事態に立ち至って初めて、ハーレクイン社は、アメリカ市場とアメリカのロマンス小説ファンの真の「顔」を垣間見たのではないだろうか。またそれが見えたからこそ、ハーレクイン社はシルエット社との戦争に勝ち目がないことを理解し、高い代償を支払ってでも彼らを味方に付けることを選択したのではないだろうか。その意味で、一九六〇年代から七〇年代にかけ、ロマンス小説という文学ジャンルがアメリカでビジネスになることを発見したことを仮にハーレクイン社の「第一の覚醒」と呼ぶならば、八〇年代前半のロマンス戦争を通じてアメリカにおけるロマンス市場の実態を完全に理解し、それに対応する術を身に付けたことは、同社にとって「第二の覚醒」であったと言っていい。

新たなロマンス市場、中国

もっともハーレクイン社の現在の状況を考えた時に、ロマンス戦争が同社にもたらした第二の覚醒の真の意味は、実は「アメリカ市場を再発見した」ことではなく、逆に「アメリカ市場に見切りをつけた」ことであったかも知れない。と言うのも、ロマンス戦争終結後もアメリカ国内では依然としてシルエット・ロマンスの人気が高いことを見たハーレクイン社は、アメリカ市場が求めているのはやはりシルエット・ロマンス的なロマンス小説、すなわちある程度まではラブシーンの描写を許容するようなロマンス小説であって、もはや同社の主力商品であったイギリス流の上品なロマンスではないのだ、ということを悟り、この方面のビジネスについてはアメリカ市場を見限る方向に舵を切り出したからである。つまりハーレクイン社は一九九〇年代以降、アメリカ市場に向けてはシルエット・ロマンスを中心とする「官能ロマンス」系のラインを売り込む一方、同社の主力商品たる「上品」系ロマンス、すなわち本家ハーレクイン・ロマンスについては、そのメイン市場を北米大陸の外に求めるという風に、販売戦略の大転換を図り始めたのだ。

そしてハーレクイン社創立以来の伝統である「北米市場中心主義」からのコペルニクス的大転回の末、主力商品ハーレクイン・ロマンスの潜在的大消費地として同社が見込んだ市場こそ、いかにも赤裸々なラブシーンを嫌いそうな市場、すなわち東欧市場であり、中東市場であり、アフリカ市場であり、日本市場であり、そして中国市場だったのである。とりわけ一九九五年一月に進出した中国でのロマンス小説需要は大きく、現在のところ中国市場はハーレクイン社にとって最重要ターゲットとなっている。「ガール・ミーツ・ボーイ」の単純なストーリー展開とハッピー・エンドな結末を持ち、そして何よりも読者を赤面させない上品なロマンス小説が今、最も受け容れられるのは、北米大陸市場でも英語圏市場でもなく、東欧・中東・アフリカ・アジア市場であり、とりわけ巨大な中国市場であるということ。この新たな認識が、ロマンス戦争を通過せずには得られなかったものであると仮定するならば、ハーレクイン社にとってこの戦争の意義はきわめて大きかったと言わざるを得ない。

ロマンス戦争の戦火を潜り抜けた後、負け戦の屈辱の中から再び立ち上がったロマンスの巨人は、北米大陸の果て、太平洋のはるか彼方に、十億もの人口を抱える広大なロマンス小説の処女地を見出したのである。

【コラム】日本版の魅力、ハーレクインコミックス

本章では、シルエット・ロマンスを相手取った「ロマンス戦争」の後、ハーレクイン社が、同社伝統の「上品で、ハッピー・エンド」なロマンス小説の提供先として、日本を含むアジア諸国への売り込みに力を入れるようになったということを述べたが、事実、一九七九年に日本支社が開設されて以来、四十年にわたってハーレクイン・ロマンスは日本の地にしっかりと根付いてきた。

とはいえ、ハーパーコリンズ・ジャパン(旧ハーレクイン日本支社)は、単に向こうのものをこちらに持ってくることだけをしているわけではない。一旦こちらに持ってきたものにさらに工夫を加え、日本独自のものとして改めて発信しているケースもあるのだ。その一例がハーレクイン・ロマンスのコミック版、「ハーレクインコミックス」(図14)の出版である。

小説として書かれているハーレクイン・ロマンスをコミック化してしまおうという発想自体、漫画文化の発達した日本ならではのものではないかと思うが、実際、世界中にあるハーレクイン社の支社の中で、コミック版のハーレクイン・ロマンスを独自に作成しているところなど日本以外にない。というか、日本支社以外でこんな作業ができるところは、

世界広しといえども他にはないだろう。

では、そのコミック版はどうやって作られるのか。

ハーパーコリンズ・ジャパンの編集者であった明治理子氏によれば、その手順はこうだ。まず依頼する漫画家を選び、その人の作風に合いそうなハーレクイン・ロマンスを二、三冊持ち込んで、実際に読んでもらう。そしてそれらの中で気に入ったものを元にして、当該の漫画家にプロット（ストーリー展開を要約したもの）とネーム（セリフを添えた下絵）を作成してもらい、編集部で検討してゴーサインが出れば、そのまま本式の作業に入り、最初のオファーから平均四ヵ月ほどでコミック版の完成となる。

図14　ハーレクインコミックス

なお明治氏によれば、コミック版の作成に関して重要なのは、原作のクオリティーとか原作者のネームバリューではなく、原作とそれをコミック化する漫画家との相性なのだという。逆に言えば、たとえ原作の小説の方が多少冴えないものであったとしても、漫画家との相性が良ければ、コミック版になった時に大化けするということである。コミック版というのは決して「原作ありき」のものではない。あくまで原作と漫画家との化学反応なのであって、そこにこそコミック版独自の面白さと価値がある。

ちなみに、ハーレクイン日本支社が独自にコミック版を作成していることには、読者の年齢層を下げる狙いがあるという。先に述べたように、ハーレクイン・ロマンスの平均的な読者層は三十代から四十代の既婚女性。しかしこれをコミック化すれば、コミックを読み慣れている十代から二十代の読者が手を伸ばしてくれるかも知れない。そうやってコミック版を、言わば「撒き餌（まえ）」に使って若年層の女性読者を囲い込んでしまえば、彼女たちがコミックを卒業した後も継続的にハーレクイン・ロマンスを買ってくれる可能性は高いのだから、日本支社がハーレクイン・ロマンスのコミック化に投資する価値は十分にあるのだ。

ただし、ティーン・エイジャーの女の子が手に取ることを考えると、原作の小説にあるラブシーンの描写をそのままコミック版に写し取るのは少々問題がある。そこでコミック版ではいわゆる「朝チュン・シーン」を活用し、ヒロインとヒーローがなぜか同じベッドで雀のチュンチュン鳴く朝を迎えた、ということにしておいて、夜の間の描写を丸々すっ飛ばすような工夫が盛り込まれているのだという。さすがである。

かくのごとく、独自の意匠満載のコミック版ハーレクイン・ロマンスは、日本国内で好評をもって迎えられたばかりでなく、今では韓国や台湾、インド、イタリアなど、あからさまな性描写が御法度とされる国々においてもデジタル配信され、好評を博しているというから、ハーレクインコミックスはもはやクール・ジャパンの一部と言っていい。

舶来品に若干の手直しを加え、日本の風土に合うようにしてから貪欲に受容する日本人の逞しさは、こんなところにも発揮されているのだ。

第六章　ロマンス小説を読むのはなぜ後ろめたいのか

フェミニズムからの批判

一九六三年にハーレクイン・ロマンスがアメリカ進出を果たしたことがきっかけとなって、七〇年代後半から八〇年代にかけ、アメリカで出版されるペーパーバック本のほぼ四割がロマンス小説で占められるというほどの一大ロマンス小説ブームが巻き起こっていたことは、前章までに縷々述べてきた通りである。

しかしここまでロマンス小説の人気が高まり、その種の小説が大量に市場にはびこるようになると、あまりいい顔をしない人々が出てくるのも世の常。ロマンス小説ブームを牽引し続けてきたハーレクイン・ロマンスのようなフォーミュラ・ロマンス、すなわち「ガール・ミーツ・ボーイ」式というのか、金太郎飴式というのか、型通りにストーリーが展開する似たり寄ったりのロマンス小説に対するうるさ方からの批判は、なかなか手厳しいものがあった。

事実、一九七〇年にジャーメイン・グリーアという批評家が、この種のロマンス小説を「女性を奴隷化するもの」と批判したのを皮切りに、フェミニズム陣営からのロマンス小説批判論が次々と展開されるようになる。例えばアリス・K・ターナーはハーレクイン・ロマンスのことを「(エリック・シーガルの)『ラブ・ストーリィ』から四文字言葉と婚前交渉を省いたもの」と定義し、軽薄なベストセラーと同等か、それよりもさらに一段薄っぺらいモノとして紹介しつつ、それを世の多くの女性たちが嬉々として読んでいる状況を揶揄したし、ジャネット・パターソンは、ハーレクイン・ロマンスに登場するヒロインがあまりにも唯々諾々とヒーローの意のままになることを批判して、このようなロマンス小説を読むことを「サド・マゾ的文学体験」と決めつけた。

一連のロマンス小説批判論者の中でもとりわけ舌鋒鋭かったのは、アン・ダグラスという批評家である。一九八〇年に発表された「ソフト・ポルノ文化」なる一文の中で、通俗的なロマンス小説における典型的なヒーロー像を取り上げたダグラスは、この種の男性登場人物の嗜虐的な言動や剝き出しの性欲が何ら批判を受けないばかりか、そのようなヒーローに従順に従うことがヒロインにとってこの上なくエキサイティングな体験であるかのように描かれていることを強く批判、この種のロマンス小説を「女性のために水増しされたポルノ」と蔑んだ。

このように一九七〇年代から八〇年代にかけてのアメリカにおけるロマンス小説全盛時代はまた、ロマンス小説に対する批判の全盛時代でもあったわけだが、こうした批判的言説がフェミニズム系の批評家たちの中から湧き起こってきたことは、ある意味、当然だった。と言うのも、ハーレクイン・ロマンスがアメリカに進出してきた一九六三年という年は、「ウーマン・リブ運動」の基点となる年でもあったからである。この年、ベティ・フリーダンというジャーナリストが出版した『女らしさの神話』というベストセラーがきっかけとなって、第二波フェミニズム、いわゆる「ウーマン・リブ運動」の気運が高まり、アメリカの女性たちを父権制社会の轭から解放しようとする動きが生じていたのだ。

それ以前、すなわち一九五〇年代のアメリカでは、社会全体が保守的になり、「暖かい家庭」を築くことの意義が声高に訴えられていた。そしてこの時代を生きた若い女性たちもまた、できれば十代の内に結婚したいという強い願望を持っていた。直前に第二次世界大戦があって、若い男性の多くが出兵し、国内に適齢期の男性が払底した状態を見ていただけに、「うかうかしていると行き遅れる」という危機感を抱いていたからである。

しかし、そんな社会の風潮や自身の持つ危機感に追い立てられるように十代で遮二無二結婚し、子供の二、三人も産んだ後、彼女たちの多くは深刻な鬱状態に陥ることになる。あれほど憧れた結婚生活というのは、これだけのことだったのだろうか？ 夫がいて、子供がいて、郊外に庭付きの家を買って、人から見れば羨ましい限りの生活に見えるかも知れないが、自分にはもう他に何もすることがない。夫には仕事があるけれども、自分には成すべき仕事も、生き甲斐もない。この虚しい、空虚な生活、果たしてこれが自分の夢見た人生なのだろうか？ ベティ・フリーダンが『女らしさの神話』の中で見事なまでに描き出したのは、まさにこうした既婚女性の空虚感だった。

で、この空虚感から脱却するための処方箋としてフリーダンが提唱したのが、女性自身が仕事を、特に専門職を持つことだった。また専門職に就くのに必要な知識・技術を身に付けるためには、たとえ既に主婦になっていたとしても、改めて大学に入学し直すことが必要であるとし、もしも大学で学ぶことや社会に出て働くことを阻止しようとする配偶者がいるならば、離婚してでも自分自身の自己充足を優先させるべきであるとフリーダンは訴えた。実際、フリーダンは己の主義主張を実行に移し、自らも離婚した上で一九六六年に全米女性組織「ナウ」を起ち上げ、女性解放運動に身を捧げたのであった。

つまり一九六〇年代から七〇年代にかけてのアメリカというのは、女性解放を目指すフリーダンの獅子吼（ししく）が響き渡り、多くの女性たちが自己充足のために結婚の軛を振りほどこうともがいている真っ最中だったのだ。そんな折も折、カナダからハーレクイン・ロマンスがのこのこやって来て、「結婚こそ女性の幸せの源泉！」「女性にとって一番大事なのは、ライトマン（理想的な結婚相手）を探すこと！」「仕事なんて、結婚するまでの腰掛け！」と言わんばかりのロマンス小説を大量に撒き散らし始めたのだから、批評家ダフニ・ワトソンの言葉を借りるまでもなく、カナダ生まれのこのロマンス叢書のことを「女性にとって最悪の敵」と見なす風潮が生じてきたのも無理からぬことだろう。ハーレクイン・ロマンスがフェミニストたちから集中砲火を浴びたのは、だから、当然なのだ。

ロマンス小説は有害図書?

もっとも、右に述べてきたようなハーレクイン・ロマンス(あるいはフォーミュラ・ロマンス全般)への批判は、一九七〇年に入ってから生じてきたというものではない。それどころか、ロマンス小説というのはそれ以前の時代から批判されっぱなし、そもそもそれが生まれた十八世紀からして批判されっぱなしなのである。

事実、ロマンス小説の発祥の地であるイギリスでは、若い女性がロマンス小説を読むことの害を指摘する文章が十八世紀後半から盛んに書かれていた。この辺りの事情に詳しい清水一嘉氏によれば、例えば『マンスリー・レヴュー』という雑誌の一七七三年五月号は「女性は常に青リンゴや青グースベリーなどの健康によくない食べ物のように、小説を愛好する」と、小説本をあたかも身体に悪い食べ物であるかのように譬えたし、ヴィセシマス・ノックスという批評家は、その著『道徳と文学についてのエッセイ』(一七七八年)の中で「小説のすさまじい増殖は、時代の腐敗と堕落に寄与してきた」とし、「小説はひとをまじめな仕事に適応できなくさせる」と懸念を表明した。またジェイムズ・ビーティは『モラルと批評について』(一七八三年)という本の中に「ロマンスは危険な娯楽である。(中略)こういったものの習慣的読書は歴史やその他多くの本質的な知識にたいする嫌悪感を育て、自然と真実から目を背けさせ、心を途方もない考えで満たし、しばしば犯罪的な性格を養うにいたる」と記し、クレアラ・リーヴという小説家は、その著書『ロマンス小説の進歩』（一七八五年）の中で、「若い娘は（ロマンス小説を読むことによって）冒険と奸計を期待するよう仕向けられる。（中略）もし（地位も名誉もない）ただのひとが彼女に理性的なことばで話しかけても満足しない。彼女の虚栄心は満たされず、ロマンスの中のヒーローに会いたいと思うのだ」と警告を発した。

またロマンス小説への批判が高まるにつれ、貸本屋からその手の本を借り出すにも人の目を気にしなければならなくなったらしく、サミュエル・ジャクソン・プラットという小説家の『家族の秘密』（一七九七年）という作品には、「（借り出された本は）ある時はモスリン、白麻布、シルク、サテン、その他これに類するものの間に隠し、あるいは包みに巻き込んで、美しい密輸者によって馬車に投げ込まれる」と記されていたし、またリチャード・ブリンズリー・シェリダンの『恋敵』（一七七五年）という芝居では、ヒロインのリディア・ラングイッシュが、恋人の父親であるサー・アンソニー・アブソリュートの突然の訪問を受け、読んでいたロマンス小説を慌ただしくあちこちに隠す様子がコミカルに描かれていた。十八世紀を通じて小説本の判型はコンパクトな十二折判（縦十八センチ、横十センチほどの大きさ）と相場が決まっていたが、小説本がこのように小さな判で出版されていたのは、批判者の目をかいくぐるため、すなわち、貸本屋から借りる時などに目立たないようにし、またそれを読んでいるところを見つかりそうになった時に、すぐに隠せるようにするためだったのである。

　貸本屋の棚を埋めるロマンス小説への世間の批判的眼差しは、十九世紀に至ってもなくなることはなかった。『ジェントルマンズ・マガジン』は一八〇五年、「どのマーケット・タウンにもある貸本屋は好奇心の乱用と悪用によってひとびとを堕落させている。われわれの余暇に改善をほどこすどころか、むしろ毒を塗っているのだ」と記し、イギリス・ロマン派の詩人サミュエル・テイラー・コールリッジはその『文学的自叙伝』（一八一七年）の中で貸本屋で本を借りて読む習慣に触れ、「いうなれば卑しい白日夢である。それを見ている間、夢見るひとの心はただ怠惰だけを育んでいる」と記した。また図15に示したのは、ジョージ・スプラットの手になる「貸本屋」と題された一八三〇年の諷刺画であるが、身体の全パーツが貸本屋から借りた本からできているのかと見紛うばかりの女性像が描かれており、これを見る

図15　スプラット「貸本屋」1830年
所蔵：サイエンス・ミュージアム

と当時の中流階級の女性たちがいかに沢山の本を貸本屋から借り出していたか、そしてそうした風俗がいかに批判的・揶揄的な眼差しで見られていたかが推測される。

とまあ、これら十八世紀から十九世紀にかけての各種ロマンス小説批判を概観すると、この種の小説がいかに悪者扱いされていたかということがよくわかる。ロマンス小説の原点である『パミラ』には、貞操を固く守ることを称揚するような教訓的言説が含まれていたわけだが、その後巷に溢れるようになったロマンス小説の多くがあまりにも煽情的であったり、ヒロインが玉の輿に乗るのを繰り返し描いて読者の射幸心を煽るようなところが多かったため、とりわけ小説の影響を受けやすい若い女性読者がこの種の「悪書」を読むことで、ヒロインの数奇でロマンティックな運命に憧れるあまり、現実世界に満足できなくなってしまうのではないか、ということが社会的に懸念されたのだ。

またこうしたロマンス小説有害論がイギリスに限らず、全ヨーロッパ的に広まっていたことは、例えばフローベールの『ボヴァリー夫人』（一八五七年）の中で、ヒロインのエンマが小説を読むことをよく思わなかった姑（へえ、忙しいっていうのかい！　いったいなにさ。小説だの、よからぬ本を読むのにだろう?）が、エンマの行きつけの貸本屋に自ら出向いて、彼女に本を貸さないよう店主に釘を刺す場面があることからも推測できる。ここでエンマは現実の生活に飽き足らないからこそ架空の小説の世界に救いを求めるのだが、姑の方は逆に「小説なんか読むから現実の生活に飽き足らないようになる」と考えていることは明らかだ。

ちなみに、今挙げた『ボヴァリー夫人』の例にもよく表れているように、これら一連のロマンス小説有害論に共通するのは、それが一見、ロマンス小説自体を批判しているように見えて、実は批判のターゲットはむしろそれを読む若い女性に向けられている、ということである。つまり、「若い女性をたぶらかすような本はよろしくない」とロマンス小説を批判しているようでいて、実際に社会が強く批判していたのは、そんなロマンス小説にうつつを抜かして自分の身を危うくしている若い（それゆえに判断力のない）女性たちの方だったのだ。またそうだとすれば、ロマンス小説を手にした女性たちが「後ろめたい」と思うのも当然だろう。何となれば、世間の批判の目は、ロマンス小説自体ではなく、むしろそれを手にしている自分たちの方に向けられていたのだから。

いずれにせよ、二十世紀後半においてハーレクイン・ロマンスがフェミニストたちから――すなわち「革新陣営」から――批判されたのとはまったく逆に、十八世紀から十九世紀にかけて、ロマンス小説とそれを読む女性たちは「保守派」から批判されていたのだ。もう革新派と保守派の双方から十字砲火的に批判されてしまうのだから、ロマンス小説とその愛読者（女性）には立つ瀬なしである。

なぜ女性は後ろめたい読書をするのか？

このように十八・十九・二十世紀を通じ、ロマンス小説は保守派からも革新派からも批判され続け、またそれを愛読する女性読者もまた批判され、ずっと後ろめたい思いをさせられてきたわけだが、では一体なぜ、彼女たちはそんな思いをしてまで、ロマンス小説に読み耽らなければならないのだろうか？

これについて一つの示唆を与えてくれるのが、ジャニス・ラドウェイの『ロマンスを読む』（一九八四年）という本である。この中でラドウェイは、アメリカ中西部の小都市に住むロマンス小説の愛好家たち五十人（全員が女性、四分の三が既婚者、その大半が就学年齢に達した子供を持つ）に直接聞き取り調査をし、現代に生きる女性たちがなぜ、またどのような思いでロマンス小説を読むのか、その動機の解明に努めているのだが、本書によれば、十八世紀や十九世紀の女性たちと同様、現代の女性たちもまた、やはり後ろめたい思いをしながらロマンス小説を読んでいるという。現代を生きるアメリカ女性たちにとっても、ロマンス小説を読むことは、どうも大っぴらにはできないことらしいのだ。

ではその後ろめたさの原因は何かと言えば、主なものが三つある。

まず一つ目はロマンス小説の内容に対する世間の（批評家の）「批判」。自分たちが心ときめかせて読んでいるものを、多くの批評家たちは屑だという。これが辛い。

二つ目は「金銭」的な問題。平均的なロマンス読者は月に何冊も本を買うが、夫が一生懸命稼いできたお金を自分だけの楽しみに使うことが心苦しい、というわけ。

しかし、意外なことに、ロマンス小説を読むことがもたらす後ろめたさのうち、最も大きなものは「時間」の占有であるという。主婦の立場にある女性が読書に耽ってしまうと、その時間は他のことができなくなる。よって家族に申し訳ないというのだ。このことは、実は、読書という行為の本質的な特性に関わることなので特に重要である。

どういうことかと言うと、仮に主婦が耽るのが読書ではなく音楽であったならば、彼女はそれを夫と一緒に楽しむことができる。あるいは彼女だけが音楽に聴き惚れていたとしても、音楽を聴きながら、同時に夫の話を聞くことは可能である。しかしこれが読書となると、ある程度の時間にわたってそこに全神経を集中させざるを得ない。読書という行為においては、一度本の世界に入ってしまうと他のことは耳に入らないし、逆に他のことを耳に入れると本の世界に浸れない、というところがあるからである。フランスの著名な社会学者ロベール・エスカルピの言葉に従えば、「読書は感覚に何らの自由の余地をも残し与えず、意識の全体を吸収して、読者を身体不随者にしてしまう」というわけだ。

一般に世の夫族が、妻が読書に熱中することを嫌がるのは、そうされると、何だか自分の存在が無視されているような気になるからである。そこで妻が読書をしているのを見かけると、わざと「一緒にテレビを見よう」と誘ったり、あるいは妻が読んでいる本にケチをつけたりする。そうなると妻の方としても、自分が本を読むことを夫が嫌がっているのがわかるので、少なくとも夫のいる前では読まず、深夜、夫が寝てしまってからこっそり起き出して読む、というような「後ろめたい読書」をせざるを得ない。

現実社会からの逃避と負の連鎖（スパイラル）

ではそういう後ろめたさがあるにも拘らず、なぜ女性たちはロマンスを読むのか。この点についてラドウェイの本は、「他人の面倒を見ることから一時でも離れるため」であると説明する。

ラドウェイが調査被験者たちに「あなた方はなぜ、ロマンス小説を読むのか」という質問をすると、「リラックスのため」とか、「ロマンス小説を読む時間だけが自分の時間だから」といった回答が圧倒的に多いという。つまり妻であり母親でもある世の女性たちは、家のこと、家族の面倒で一日中頭を悩ませていて、その重荷からせめて一時でも解放されるために、つまり現実から「逃避」するために、ロマンス小説を手に取っていたのである。

実はこのことはアメリカのロマンス小説愛好家にだけ当てはまることではない。ラドウェイの調査と同じような調査を一九六〇年代末にイギリスで行なったピーター・H・マンによると、彼の被験者たちの多くもまたロマンス小説を読む動機として、「主婦として、夫や子の世話をしなければならない、家庭をきりもりしなければならない、食事をつくらなければならない、ことによると家庭の外で仕事もしなければならない、だから実生活の圧迫から何らかの逃避をする必要がある」と答えた、というのだ。つまりアメリカのみならずイギリスにおいても、現代のロマンス小説愛好家たちがロマンス小説を読むその最大の動機は「日常生活からの逃避」なのである。

現代の結婚制度の下、女性は常に他人の面倒を見る立場に置かれる。夫の面倒を見、子供の面倒を見、さらには自分や夫の親の面倒を見るという具合。しかし、ならばそんな献身的な自分（妻）の面倒は誰が見てくれるかと言えば、誰もいない。本来であれば夫がその立場にあるわけだけれども、妻の面倒を優しく見てくれるような理想的な夫などというものは、実際にはそうざらには見つからない。

だから女性たちはロマンス小説に逃避するのである。ロマンス小説を読み、ヒロインに自己投影してしまえば、最後には必ずヒーローが自分の面倒を見てくれる理想的な夫となって立ち現れる。そしてこの一時の感動が、女性読者に明日の現実に立ち向かうだけの元気を与えてくれるのだ。先のコラムで貸本屋のことに触れた際、「本は心の薬だ」ということを標榜（ひょうぼう）していた貸本屋チェーンがあったということを述べたが、ロマンス小説は現代においてすら、世の女性たちにとって心を癒す薬なのである。

そしてロマンス小説と薬との類比（アナロジー）をさらに続けるならば、ロマンス小説には「常備薬」としての役割もある。女性読者にとって、お気に入りのロマンス小説は常備薬なのであって、例えば何か嫌なことがあったり、気がふさいだりした時に、お気に入りのロマンス小説の一部でも再読すると、それだけで気分が晴れるという。事実、ロマンス読者の再読率は概して高く、「しばしば再読する」が四六％、「時々再読する」が三八％で、両者を合わせれば、大半の読者は一度読み終えたロマンス小説を二度三度と読み直していることがわかる。ハーレクイン・ロマンスのストーリー展開がどれもほとんど同じであることは既に述べたが、ロマンス読者にとってストーリーがお馴染みのものであっても一向に構わないということは、この再読率の高さからも窺えるのだ。ロマンス小説は疲れた女性にとっての駆け込み寺みたいなものなのだから、そこに自分の和める世界があるという安心感こそ重要なのであって、先の見えない新規のストーリーなど、そもそもお呼びでないのである。

さらにこの逃避性という側面は、ロマンス小説の在り方自体にも影響を与えている。ラドウェイの本では「ロマンス読者にとって『よいロマンス』とは何か」ということも調査・考察されているのだが、それによると、「よいロマンス」とは、すなわち、「逃避効果が高いもの」であるという。あまりにもリアリティーがあり過ぎて、現実世界に引き戻されてしまうようなものはダメなのだ。

基本的にイギリス（あるいはオーストラリアやニュージーランド）を舞台にすることの多いハーレクイン・ロマンスが、アメリカ人女性の間で人気が高かったのは、外国を舞台にしたロマンス小説の方がより逃避しやすいからなのである。また一九七〇年代に「歴史ロマンス」、すなわち同時代ではなく遠い昔の話として語られるロマンス小説が流行したのも、やはり逃避性の問題と絡めて考えれば納得できる。子供向けの童話と同様、「昔々あるところに……」と言った瞬間に現実がはるか彼方に遠のくといった現象が、ロマンス小説を読む時にも生じるのだ。またそう考えると、ハーレクイン・ロマンスの流行以前に「ゴシック・ロマンス」の流行が生じていたことも、「現実離れしたシチュエーションやストーリーの方が逃避文学としては効果的である」という仮説によく符合する。

しかし、先にも述べた通り、家族の面倒を見ることから逃避することこそ、ロマンス小説を読むことがもたらす後ろめたさの最大の要因でもあるのだから、ことは複雑である。つまり、他人の面倒を見るばかりの日常から逃避してロマンス小説の世界に浸ることが後ろめたさの感情を生み、その感情がまた新たな重圧となって、そのため一層、ロマンス小説の世界に逃避せざるを得ないという悪循環が生じているのだ。これを「ロマンス読書をめぐる負の連鎖（スパイラル）」と名付けるならば、現実の方が変わらない限り、後ろめたい読書から脱出する術がないことになる。

フェミニズムとの「対立」から「相思相愛」へ

しかし、仮にロマンス小説を読むことが現実からの逃避であるとして、そういう行為に走る女性読者は、果たして非難されなければならないのだろうか？　彼女たちが後ろめたい読書に耽らざるを得ない立場にあるとして、それは彼女たちだけの責任なのだろうか？　そうした後ろめたい読書に彼女たちを駆り立てるほど、現実社会が女性たち（特に主婦たち）にプレッシャーを与えているのだとしたら、本来、咎め立てされるべきは現実社会の方ではないのか？

現実社会がこれほど過酷なものであるのなら、その中で女性たちが束の間の休息を求めてロマンス小説に手を伸ばしたって構わないではないか――ロマンス小説を読む女性たちの心情や実態が、関連する様々な研究の中で次第に明らかになるにつれ、このような考え方が出てきたのも不思議ではない。一九八〇年頃から顕著になってきた「ロマンス小説擁護論」の登場である。

例えばアン・バー・スニトウという批評家は、一九七九年の論考において、「ロマンス小説は女性の想像力の第一義」なのであって、「シリアスな文学よりもハーレクイン・ロマンスの方が、女性の愛されることへの希求に対して真摯に回答しようとしている」と述べ、ロマンス小説という文学ジャンルが本来的に女性読者に強く訴求する力を持っていることをまず指摘する。

が、スニトウが自説の中で最も強調するのは、ロマンス小説には女性の恋愛願望を満足させる効能だけでなく、女性の成功願望をも満足させる効能が備わっているということだった。つまり女性の自己実現への道がほとんど閉ざされている現代社会において、女性が社会的成功と生活上の満足を得るための現実的な方法は、そのどちらをも与えてくれるような素晴らしい男性と結婚すること以外ないのであって、それゆえヒロインがヒーローと結婚することで経済力と社会的地位の双方を勝ち取る物語群であるハーレクイン・ロマンスに女性の人気が集まるのは当然である、というわけである。スニトウはこの分析を締めくくるに当たって、ハーレクイン・ロマンスの異常なまでの人気は、逆に言えば現実社会がいかに女性にとって過酷なものかを示す指標でもあるのであって、問題はハーレクイン・ロマンスではなくむしろ現実の方にある、という見解を付け加えている。

こうした考え方は、ほぼ同時期に発表されたタニア・モドレスキのハーレクイン・ロマンス論（一九八〇年発表）にも見られるもので、モドレスキもまた女性にとって制限の多いこの社会の中で、ロマンス小説は「女性の怒りを中和する」役割を果たしているのであり、ロマンス小説を読む女性たちは言わば「能動的に」逃避的な読書をしているのだ、と指摘する。またマーガレット・アン・ジェンセンという批評家は、一九八四年に出した著書の中で、ハーレクイン・ロマンスが現実の社会の中で女性たちが抱いている様々な不安、例えば経済上の問題や孤独感、無力感などを取り上げ、それらが最終的には素晴らしい男性（理想的な夫）の登場によってすべて解決されるという楽観的な世界観を提示することで、女性たちに安息を与えているのだという見解を示し、ハーレクイン・ロマンスの「有用性」を確認した。

つまり、一九八〇年代に陸続と現れたロマンス小説擁護派の批評家たちが主張していることは、たとえハーレクイン・ロマンス的な型通りのフォーミュラ・ロマンスに文学的価値がなかったとしても、それを必要としている女性読者が存在するのであれば、それをもってロマンス小説の存在意義としたっていいではないか、ということなのだ。別な言い方をするならば、「仮にロマンス小説が悪だとしても、それは必要悪だ」ということである。またそのように考えると、毎月大量に発行されて世間に出回るハーレクイン・ロマンスの新刊本、あれは、あれ自体が女性に厳しい現代社会に対する抗議パンフレットなのだ、と言えないこともない。

やはりここで問題なのは、近代以降の結婚制度の中で、女性たちが何らかの「しわよせ」を受けているということなのだ。世の女性たちは皆、それぞれ家族の面倒を見ているのに、自分だけはその家族の誰からも面倒を見てもらっていないと感じ、どこか満たされない感じを抱いている。そしてこの満たされなさに悲鳴を上げ、外に向かって訴えたのがベティ・フリーダンとそのシンパのフェミニストたちであり、一方、黙って架空世界に逃避したのがロマンス読者の女性たちだったのであって、両者の差は単に表現方法の違いに過ぎない。一九六〇年代以降、一方で現行の結婚制度に異を唱えるウーマン・リブ運動が進展し、他方で幸福な結婚の喜びを架空のヒロインたちとわかちあうロマンス読者が急増したということは、実は見た目ほど背反的な現象ではなく、むしろ同方向の現象だったのである。

そしてこうした「真相」が判明してきて、ロマンス小説批判派と擁護派の双方が歩み寄れるような地点が見えてきた一九八〇年代前半、ハーレクイン社はこの地点に向かって一歩を踏み出すことになる。読者アンケートを通じて時代の流れを読み、それに歩調を合わせることを常に心がけてきたハーレクイン社は、フェミニズムの考え方が少しずつ世間に浸透していくのを横目で睨みながら、この流れには反応せざるを得ないと判断し、ハーレクイン・ロマンスのガイドラインを修正したのだ。

例えばあまりにもマッチョで傲慢で支配的になり過ぎたハーレクイン・ロマンスのヒーローたちも、そのアルファ・マンぶりに若干の抑制がかかった。またヒロインの年齢層も上がって、二十代後半のヒロインも珍しくなくなってきた他、ヒロインの成熟の度が上がったことに伴い、ヒーローへの精神的・経済的依存の度合いも次第に抑えられるようになってきた。さすがにヒロインとヒーローが最後に結婚して幕を閉じるというロマンス小説の約束事自体に大きな変更を加えることはできないまでも、この制約の枠内でフェミニズム系批評家たちの指摘を受け容れ、ハーレクイン・ロマンス伝統の男尊女卑的な傾向を若干なりとも薄める努力を始めたのだ。また、こうした変化がただハーレクイン社だけのものではなく、ロマンス小説を書く作家たち全般に当てはまるものであったことは、ロマンス作家同士の親睦と情報交換を目的として一九八一年に設立された「アメリカ・ロマンス作家協会」の第一回会合において、「ヒロインをより成熟した女性として描くこと」「ヒロインの処女性を重視し過ぎないこと」などが提案されたことにも窺うことができる。

が、フェミニズムの影響が一番面白い形で表れたのは、フォーミュラ・ロマンスの書き手の側の意識の変化だった。ロマンス作家というのは基本的に全員が女性であるわけだが、彼女たちもまた、時代の流れとしてのウーマン・リブ運動の動向に、無関心ではいられなかったのである。

実際、フェミニスト批評家たちによるロマンス小説批判が盛んになり始めた頃、それに対する反発からか、あるいは賛同からか、批判されている側のロマンス作家たちが自らを「フェミニスト」と名乗ることが多くなってきた。そしてこのロマンス作家の自己規定の変化を最も端的に表しているのが、一九九二年に出版された『危険な男と冒険好きな女』という本である。

これは自らも著名なロマンス作家であるジェイン・アン・クレンツの掛け声の下、総勢二十一名のロマンス作家たちが集結して、それぞれのロマンス小説観を披露している本なのだが、この本の中で多くのロマンス作家たちが異口同音に語っているのは、自分たちが書くロマンス小説のヒロインは、人生における目標を探求しながら成長を遂げ、最終的にはその目標に到達するのであって、その意味で現代のフォーミュラ・ロマンスは本質的にフェミニズムの考え方と同じ立場を取っているのだ、という強い思いである。もちろん作家がそのように述べているからといって、その作品がフェミニズムの思想を正しく体現しているとは言えないわけだが、それにしてもこの本に寄稿している作家たちが現代のロマンス作家の大多数の声を代弁しているのだとすれば、ここにおいて既にハーレクイン・ロマンスとフェミニズム陣営は完全に同調し、手に手をとって同じ目標に向かって歩み出したかのようにも見える。

ハーレクイン・ロマンスとフェミニズムという、時を同じくしてアメリカに生じた二つの言説の進展に関して面白いのは、当初、真っ向から対立するかに思えた両者が、いつの間にか同じ方向に向いて足並みを揃え、共闘体制を作り上げてしまったことである。「反発と対立」から「相思相愛」へ。「誤解と不和」から「結婚」へ。まさにロマンス小説のストーリー展開を地で行くようなこの巧まざる批判回避があったがゆえに、ハーレクイン・ロマンスはその時代錯誤的なシンデレラ・ストーリーを二十一世紀に伝え残すことに成功したのだ。第三者の冷静な目で読めば、男尊女卑のイデオロギーに支えられ、セクハラ的状況に満ち溢れ、結婚をひたすら賛美しているとしか思えないこの単純無比なロマンス叢書が今日なお堂々と書店で売られていることの背景には、このような事情があったのである。

ハーレクインを読まなくなる社会へ？

今日、ロマンス小説に対するフェミニストからの、あるいは世間一般からの批判は、ひと頃ほど厳しいものではなくなった。もちろん個々のロマンス小説の質が取り立てて向上したわけではないし、ロマンス小説を読むことが逃避的でなくなったわけでもないのだから、いつまたこの種の批判が復活しないとも限らない。が、それにしても今やロマンス小説の愛読者の女性たちの手元には「だったら父権制社会の在り方とか家族制度の存り方を是正して、女性がこういうものを読まなくて済むような社会にしなさいよ！」という一撃必殺のセリフがあって、勇み足の批判者を返り討ちにできるのだから、ある意味、怖いものなしである。

だが、それだけではない。「ロマンス小説を読むことの負の連鎖（スパイラル）」を一旦棚上げした上で、ロマンス小説とそれを読む女性読者との関係性を改めて閲（けみ）してみれば、そこにもう一つ、別の種類の連鎖（スパイラル）があるのが見えてくる。そしてそれは「負の連鎖」ではなく、明らかに「正の連鎖」なのだ。

ではその正の連鎖とは、一体何なのか？　その辺りのことについては、終章となる次章で論じることにしよう。

【コラム】ハーレクイン・ロマンス、最近の傾向

ハーレクイン社は、読者アンケートなどを通じてその時代その時代の読者の要望を見極めつつ、時代の変化に合わせて「ガイドライン」を微調整していくので、一見すると「相変わらず」のワンパターンなストーリー展開であっても、詳細に見るとそれなりに現代化している部分が多々ある。

例えばヒロインの造形にしても、かつてハーレクイン・ロマンスのヒロインと言えば、ほぼ例外なくブロンド（金髪碧眼）かブルネット（黒目黒髪）か、そのどちらかであったが、最近では「茶色」とか「赤毛」であるケースが散見されるようになってきた。「茶色」はともかく「赤毛」というのは、例えばL・M・モンゴメリーの『赤毛のアン』であるとか、ジュール・ルナールの『にんじん』のことを思い出してもわかる通り、髪の色としては一般に好まれない傾向がある。むしろいじめ・からかいの対象になる場合が多いのだが、そ

の辺はやはり、今日的な「政治的な正しさ」を意識しているのか、「赤毛の女性も、ブロンドやブルネットの女性と同様に魅力的である」ということを、ハーレクイン・ロマンスなりに主張しているのだと思われる。

また同じく「政治的な正しさ」を意識していると思われるものにヒロインの年齢がある。かつてハーレクイン・ロマンスのヒロインは、十代とか、せいぜい二十代前半という設定が多かったが、今ではそれも大分上がって、二十代後半の設定は当たり前、三十代後半の設定すらある。要するに「そのくらいの年齢で、未婚であって何が悪い？」ということなのだろう。またそうした年齢の上昇に伴い、と言うべきか、ヒーローと出会う前にヒロインの側に恋人や婚約者がいるケースも増えている。

ただしその場合でも、そのお相手の恋人や婚約者が妙に奥手で、長くヒロインと付き合っていながら一度も肉体的な関係を持たなかった、ということだけはしっかりと明示される。ハーレクイン・ロマンスにおける「ライバル女」は、性的な魅力をアピールしてヒーローに近づくものだが、それに比べるとヒロインのそばにいる「ライバル男」の方はまったく男性性を感じさせない存在として描かれ、暗にヒロインの処女性が担保されるのだ。この辺がハーレクイン・ロマンスの「相変わらず」なところなのだが、「ヒロインにとって最初の恋、ヒーローにとっては最後の恋を描く」という、ハーレクイン・ロマンスの不文律は、今なお健在のようである。

数値が上昇した、という点で言えば、ヒロインの身長も上がった。かつてのヒロインは、体型の面で「小柄・華奢」という点が強調されたものだが、今では百八十センチに届かんばかりの大柄な、そして豊満なヒロインも多い。そこはそれ、現代女性である。大柄・豊満で何が悪い、健康的でよろしいと言っておこう。

だが、最近のハーレクイン・ロマンスを読んでいて一番驚くのは、婚前交渉の描写の増加——ヒロインとヒーローが婚約前に何度も肉体関係を持つこと——である。初期のハーレクイン・ロマンスでは、小説の最後の最後でヒーローがヒロインに愛の告白をし、事実上の婚約をするところで抱擁！　そして熱いキス！　が定番で、この「ハードコアな慎み」がハーレクイン・ロマンスの良いところだったのだが、今はもう、それどころではない。二人が出会ったその日に、いきなりヒーローがヒロインを手籠めにするというのが定番だと言っていいほどなのだ。

「出会ったその日に」というのは若干言い過ぎであるが、よくあるのはこういうケースだ。ヒロインとヒーローは何かの機会（例えば兄弟姉妹の結婚式など）で前に一度会っていて、その際、ヒーローはヒロインに対してかなり強い性欲を抱き、一方のヒロインの方もヒーローのあまりの男性的魅力に圧倒される。そして次に二人が本格的に対峙した時、つまり正式にはこの時初めて二人は相対するのだが、ヒーローがいきなり「君も僕のことが欲しいと思っているんだろ……」的なことをほざきながらヒロインの服を無理矢理はぎ取り、その処女を（そうとは知らずに）奪う……。

　私が思うに、普通、こういうのを「レイプ」というのである。その意味で、最近のハーレクイン・ロマンスは、一様に「レイプ小説」なのだ。

　この時、彼女が迷うことなく警察に駆け込めば、ヒーローを逮捕・立件することは可能だろう。しかしハーレクイン・ロマンスのヒロインは、決してそういうことはしない。むしろレイプされたことで彼女の中に眠っていた女性性が目覚め、以後、ヒーローと顔を合わせることになる度にこうしたことが繰り返されるのだ。あるいはまた、このたった一度の関係によってヒロインが妊娠し、その事実をヒーローに告げないままシングル・マザーとして赤ん坊を育てるという、ハーレクイン・ロマンスお得意の一ジャンル、「シークレットベビーもの」に発展することもある。いずれにせよ最近のハーレクイン・ロマンスでは、ヒーローがヒロインに愛を告白し、一応の婚約が成立する前に最低でも二回か三回はレイプまがいのラブシーンが描かれるのだから、いやはや、時代は変わったものである。

　私の（男の）目から見ると、近年のハーレクイン・ロマンス全般のレイプ小説化は、読んでいてあまり気持ちのよいものではない。しかし、女性読者の要望に常に寄り添うハーレクイン・ロマンスであるからして、多分、こういうのが現代の女性読者の好みなのだろうという推測は成り立つ。ハーレクイン・ロマンスというのはやはり男子禁制の世界、いつまで経っても男にはわからない世界なのかも知れない。

終章　偉大なるアマチュア文学

女性素人作家の発見

本書では、ハーレクイン・ロマンスというロマンス叢書の隆盛を一つの文化現象として捉え、とりわけそれを読む女性読者との絡みで語ってきたわけだが、ではそもそもハーレクイン・ロマンスを書いているのは誰なのか。この側面については、これまであまり詳しく述べてこなかったきらいがある。そこで終章となる本章では、ハーレクイン・ロマンスを書き手の側面から覗いていこうと思う。

第一章で述べたように、ハーレクイン・ロマンスというのは、本を正せばイギリスの出版社であるミルズ&ブーン社が刊行していたロマンス叢書をペーパーバック化したものであって、その意味で、初期のハーレクイン・ロマンスを書いていたのは、ミルズ&ブーン社の専属作家たちということになる。そしてその専属作家の大半は女性作家であった。

では一体なぜ、ミルズ&ブーン社は女性作家の書くロマンス小説を出版していたのかと言えば、二十世紀初頭のイギリスには、女性作家が沢山いたからである。女性作家の増加、それも「女性素人作家」の増加は、当時、一種の社会現象になっていたのだ。

例えばミルズ&ブーン社の場合、創立五年目に当たる一九一二年に約一千作の小説原稿の投稿を受け付けていたが、このうち七五%は女性から、しかもその九五%は無名の素人作家からのものだったという。この時代のイギリスで創作のペンを握っていたのは主として女性、それも素人さんだったのである。

もちろん、ミルズ&ブーン社もこの傾向には早くから気付いていた。事実、同社の小説部門を統括していたチャールズ・ブーンは、一九一三年に開かれたある講演会の中で次のように述べている。

男性は、かつてのように小説を書かなくなったが、その一方、女性作家は大いにその数を増している。疑うべくもなく、小説の分野で女性たちは本当に卓越した仕事をしており、我が社の素晴らしい専属作家たちに占める女性作家の割合は今後ますます増えていくだろう。男性作家は、小説執筆から遠ざかりつつあるが、おそらくそれは彼らの責任とは言えない。と言うのも、彼らの多くは、小説を書くことがそれに見合う十分な報酬をもたらさないと見ているからだ。しかし、だからこそ出版社は、女性作家たちが男性作家たちに代わってその仕事を引き受けてくれていることに感謝しなくてはならない。

この発言に加えてもう一つ、ミルズ&ブーン社の「女性（素人）作家重視」の方針を如実に示した事例がある。同社が一九一二年に試みた女性素人作家のための一種の助成金制度である。

きっかけとなったのは、メイジー・ベネットという二十一歳の女性が書き、同社から出版された『黄金の虚栄心』（一九一二年）というロマンス小説が、好評をもって市場に迎えられたことだった。この女性、もともと貸本屋の店員で、職業柄どのようなストーリー展開のロマンス小説が女性読者に好評をもって受け容れられるかをよく知っていた。それで処女作から評判になるような作品を書くことができたのだが、これに気をよくしたミルズ&ブーン社は、彼女に対して第二作目の執筆に専念するようにと、年額七十八ポンドの助成金を出すことにしたのである。素人作家に対する助成金というのは当時としては珍しかったらしく、この制度のことはミルズ&ブーン社が予想した以上に世間の話題となった。

もっとも、これだけの助成金を得たにも拘らず、メイジー・ベネットの第二作が世に出ることはなかった。そのためこの助成金制度も一回切りのことになってしまったのだが、ミルズ&ブーン社が一人の素人作家に対して示したこの気前の良さは、同社のイメージアップにつながった。その結果、以後、多くの女性素人作家たちが自作原稿の投稿先の筆頭候補としてミルズ&ブーン社を選ぶようになったというのだから、同社は七十八ポンドというお金を上手に会社の宣伝に用いたと言っていい。

「質」より「量」の出版へ

とはいえ、ロマンス小説とそれを執筆する女性作家たちの存在は、当初、ミルズ&ブーン社にとって特に重要なものではなかった。このことについては第一章で詳述したが、創立当時のミルズ&ブーン社のドル箱はアメリカの人気作家ジャック・ロンドンであり、あるいは『ペリン氏とトレイル氏』(一九一一年)などの作品で知られる自国の人気作家ヒュー・ウォルポールであって、女性作家ではなかったし、ましてや素人作家ではなかった。同業他社と同様、ミルズ&ブーン社にとっても出版社が契約を交わすべき作家とはすなわちプロの男性作家だったのである。

だが、その後一九一三年にヒュー・ウォルポールがライバル他社に引き抜かれ、一六年にはジャック・ロンドンが急逝、相次いで看板男性作家を失ったミルズ&ブーン社は、急遽、彼らに代わる新たな看板作家の発掘に着手する必要に迫られることになる。

そしてこの時ミルズ&ブーン社が目を付けたのが、同社に投稿してくる無数の女性素人作家たちであった。モルヒネの大量摂取で亡くなったジャック・ロンドンの件はまだしも、ヒュー・ウォルポールを他社に引き抜かれた件で痛い思いをしていたミルズ&ブーン社としては、他社と競合しながら著名な男性職業作家との契約に奔走するより、他社がまったく目を付けていない女性作家の中に将来性のある作家を見出すことで、出版物の安定した供給源の確保を図った方が得策であろうと考え始めたのも無理はない。とりわけ一九三〇年代から貸本屋チェーンとのタイアップによって業績向上を図ってきた同社としては、貸本屋チェーンが要求してくる「一週おきに数冊の新刊を出版して欲しい」といった迅速な出版ペースを維持するために、同社に投稿してくる無数の女性素人作家の中から有望な新人を発掘して専属作家を増やし、出版点数の増加に対応できる体制を作っていかざるを得なかったのだ。

結果から言えば、ミルズ&ブーン社の「女性素人作家重視」の方針は大成功であった。例えば一九三五年の数字を見ても、この年同社は五百三十一もの投稿原稿を受理していて、この中から三十七作品を出版しているが、その中には後に同社の専属スター作家となる四人の女性作家、すなわちエリナー・ファーンズ、ヤン・テンペスト、シルヴィア・サーク、ヴァレリー・K・ネルソンの作品が含まれていたのだから、ミルズ&ブーン社にとって女性素人作家からの投稿原稿は宝の山だったと言っていい。そしてこの宝の山を掘り当てたミルズ&ブーン社は、「少数の男性作家」に依存しがちなごく普通の総合出版社から、「大勢の女性作家」を擁するロマンス小説専門出版社へと変貌していったのである。それはまた、敢えて誤解を恐れずに言うならば、色々な意味で「質」より「量」への転換でもあった。

出版社と作家の親密な関係

だが質より量を取った以上、自社が発掘した女性作家たちには是非とも沢山の作品を書いてもらわなければならない。事実、ミルズ&ブーン社では彼女たちを励まし、次から次へと作品を書くよう促していたのだが、ロマンス小説というのはコツさえ摑めば量産が利く文学ジャンルらしく、たとえば三六年組（一九三六年に同社が発掘した新人女性作家たち）の一人、フランシス・ウェルズリー＝スミスは多くのペンネームを使い分けながら同社のために八十九冊のロマンス小説を書いているし、同じく三六年組のメアリー・バーチェルとジーン・マクラウドは、それぞれ百三十冊ものロマンス小説を提供している。この他、代表的な作家だけを見ても、アン・ヴィントンが五十二作、アン・ウィールが七十作、ジョイス・ディングウェルが八十三作、リリアン・ウォレンが五十九作といった調子。ミルズ&ブーン社専属の女性作家たちは、平均して年四作というハイペースで書き続け、これらの作品群がミルズ&ブーン社の回転の早い出版サイクルを支えたのである。

ちなみに、こんな感じで多くの作品を書き飛ばしていた女性作家たちの収入は年間二千ポンドから三千ポンドほどあったと言われている。これは当時の働く女性の収入としては相当なものので、ミルズ&ブーン社とその専属女性作家たちは、その意味で、互恵的な関係を築いていたと言っていい。一九三〇年代以降、ミルズ&ブーン社が「女性のためのロマンス出版社」の方向に舵を切りつつあったことは確かだが、この「女性のための」というのは、「女性読者のための」という意味だけではなく、書き手の側、すなわち「女性作家のための」という意味合いもあったのである。

そして、この「女性作家のための」という側面を積極的に担っていたのが、ミルズ&ブーン社の創立者の一人にして、その小説部門を率いていたチャールズ・ブーンその人であった。彼は自ら発掘した女性作家たちを励まし、彼女たちの創作上の相談を受けて、執筆上のアドバイスをしたり、作品のタイトルを考えてあげたりしたばかりでなく、彼女たちが望めば私生活上の相談にも乗った。彼女たちから手紙が来れば必ず返事を出し、彼女たちが彼に会いに来れば、たとえどんなに忙しくとも時間を割いて会った。そんな風だったのだから、彼が自社の専属女性作家たちから一様に愛されたことは言うまでもない。チャールズ・ブーンを喜ばすためによいロマンス小説を沢山書く——そんな意識が、多かれ少なかれミルズ&ブーン社の専属女性作家たちの間にはあった。つまりそこには、「善き父親」と「父の箱入り娘たち」というような、独特の親密な関係が築かれていたのだ。

主婦からベストセラー作家へ

「大勢の女性作家を動員してロマンス小説を量産する」というこのミルズ&ブーン社の方針は、その後同社がカナダのハーレクイン社に買収された後も続くことになった。ハーレクイン社もまた、積極的に世の女性素人作家から作品を募り、その中から才能のある新人を発掘するという方針を受け継いだのだ。

もっとも、実際には素人作家の投稿作品が出版まで漕ぎ着けるのは非常に難しく、ハーレクイン社の場合、その採用率は毎月投稿される一千作ほどの原稿の中からようやく十作が採用される程度なのだが、一作でも作品が出版されれば相当な収入になり、また精神的な達成感も高いということもあって、現代においてもロマンス作家志望の女性は多い。例えば一九七〇年代半ば以降のロマンス小説界で絶大な人気を誇ったジャネット・デイリーという作家も、一介の主婦から一躍、人気ロマンス作家になった一人である。

ここで一つのモデル・ケースとしてジャネット・デイリーの経歴に着目してみると、一九四四年生まれの彼女が初めてハーレクイン・ロマンスを手にしたのは二十四歳の時。姉がハーレクイン・ロマンスの大ファンだったことから、彼女に借りて読んだのだった。以後、デイリーが読み漁った幾多のハーレクイン・ロマンスの中では、ネリナ・ヒリヤードの『黒い星のかげで』（一九六九年）という作品に特に感銘を受けたそうだが、それ以外の作品にはさほど感心しなかったという。

だが、あまり感心しないハーレクイン・ロマンスを多読したことが、逆に彼女の創作意欲に火を点けることとなった。「こんな小説、私ならもっと上手く書ける」という強い思いを抱くようになったのである。そこでデイリーは自分なりに登場人物を造形し、粗筋を考え、山場を作り、こんな話を思いついたのだけれど、どう思う？　ということをしつこく夫のビルに尋ねたところ、面倒臭くなったビルから「実際に書いてみたらどうだ」と言われ、彼女は書くことにした。

とはいえ、やはり最初は小説の書き方がわからず、ハーレクイン・ロマンスの一冊をデスクの脇に置いて各章の長さや全体の長さなどを参考にしつつ、八ヵ月もかかってようやく書き上げたのが *No Quarter Asked*（一九七六年）という作品。で、この原稿をハーレクイン社に送ってみたところ、あっさり採用が決まり、その結果デイリーは「ハーレクイン・ロマンス初のアメリカ人作家」という称号と一万二千ドルの印税前金を受け取った他、この処女作は最終的に百五十万部の売り上げを記録した。そして一旦、ロマンス小説の書き方のノウハウをものにしたデイリーは、その後六年間のうちに五十七作を書き上げ、莫大な印税を稼ぎ出したというのだから、まさに絵に描いたような成功物語である。

それにしても六年間に五十七作と言えば、平均して年に九作以上書いたことになるわけだが、このような爆発的な創作を支えていたのは、機械的とも言えるデイリーの執筆スタイルだった。実際、デイリーの執筆のペースは驚くほど規則的で、毎朝四時に起床してタイプライターで執筆を始め、その日のうちに必ず二十ページ分を書き、それだけ書いたらたとえセンテンスの途中であっても書き止める。センテンスの途中で止めるのは、翌日、執筆を再開する時にスムーズに始められるからだそうだが、とにかくこれを十日から二十日ほど繰り返してハーレクイン・ロマンス一冊分の原稿を書き上げてしまうというのだ。なぜこれほどビジネスライクにロマンス小説が書けるのかと問われたデイリーは、「自分が読みたいと思うようなものを書いているから」と答えたという。

なお、ここで注意を促しておきたいのは、右に述べてきたジャネット・デイリーのケースが決して特殊なものではない、ということである。それどころか、むしろこれこそが典型的なロマンス作家の経歴なのだ。ロマンス小説を夢中になって読んでいた女性が、「こういうものを私も書いてみたい」という憧憬、あるいは「私ならこれよりもっと面白いものが書けるはず」という衝動に導かれ、自分が読み慣れた、あるいは自分が読みたいと思う筋書きのストーリーを書いて出版社に送り、一躍人気作家となって大金を稼ぐというパターン。これはロマンス小説の世界では頻繁に生じていることなのだ。

それにしても、一介の素人が、そう簡単にプロの作家になれるものなのだろうか?

AIやコンピュータにも書ける?

これについては「なれる」とか「なれない」とか、断定的に言える類のものではない。しかし、想像を交えて敢えて言うならば、おそらく他の文学ジャンルよりはロマンス小説の方が素人にも書きやすいものであろう、という気はする。

なぜならば、あらゆる文学ジャンルの中で、ロマンス小説だけが、ストーリー展開にオリジナリティーを必要としないからだ。否、必要としないのではなく、むしろロマンス小説にはオリジナリティーがあってはならないと言った方がいい。先行する章の中で述べたように、ロマンス小説を愛読する読者は、ハラハラ、ドキドキする読書体験を嫌う。昨日読んだロマンス小説とよく似たストーリー展開をするロマンス小説を今日も読みたいと思う——これが典型的なロマンス読者の願望なのである。

そしてロマンス小説のストーリーはワンパターンで(が)いいということであれば、理論的に言えば、それを書くのは至極楽、ということになる。ストーリー展開の枠組みだけ型通りに設定しておいて、後は部分部分をちょっとずつ変えるだけで、いくらでも「機械的」に書けるのだから。例えばこんな風に——まず、何はともあれ、「両親を交通事故で失った後、一人で小さなビジネスを興してみたが、今、ちょっとだけお金に困っているヒロイン」を設定する。そこへ「お金はいくらでもあるが、今すぐ結婚している状態にならなければならない何らかの事情を抱えた爵位を持つヒーロー」が登場。そこで二人は「契約結婚」に合意。ところが、あくまで契約上の結婚のつもりだったのに、同じ屋根の下で生活を続けているうち、最初は性的に、後から精神的に惹かれ合うようになる。そんなヒロインとヒーローの心の変化を見て取ったヒーローの元彼女（ライバル女）が、二人の仲を裂こうと画策するが、ヒーローは最終的にヒロインを選ぶ。そしてヒーローがヒロインにプロポーズ！――こんな筋書きに、多少のバリエーションと尾鰭を付けておけば一丁上がり。……まあ、実際、マギー・コックスという作家の『別れの予感』（二〇〇三年）という作品が、まさにこんな感じの筋書きなのだが、どうだろう、これほど型通りのロマンス小説なら、自分にも書けそうな気がしてこないだろうか？

実際、これほど機械的に書けばいいのなら、本当に機械にも書けるのではないかと考えた人がいる。スコット・フレンチという人で、この人はアップル社のコンピュータ「マッキントッシュIICX」（ニックネームはもちろん「ハル」）に、人気作家ジャクリーヌ・スーザンがものした二つのベストセラー恋愛小説（ハッピー・エンドではないので「ロマンス小説」とは呼べない）、すなわち『人形の谷』（一九六六年）と『いくたびか美しく燃え』（一九七三年）を読み込ませ、ジャクリーヌ・スーザンの書き方の癖や物語構成の癖を覚えさせた上で、ハルにロマンス小説を再構成させるという試みを行なったのである。その結果、ハルが語り出したのが『一回きり』

図16　『一回きり』1993年

（一九九三年）というロマンス小説で、現在までのところ、これが機械によって書かれた唯一のロマンス小説ということになっている（図16）。

もっともこの小説が本当にハルによって書かれた証拠はないし、もし本当にそうならばスイッチ一つで別な小説を打ち出すことだってできるはずなのに、実際にはそうなっておらず、ただこの小説一回きりであるところを見ると、いかにフォーミュラ・ロマンスであっても、そこまで「機械的」に書けるものではないのかも知れない。

ロマンス作家たるもの、熱心なロマンス読者であれ

だが、コンピュータには難しくとも、人間にはやさしいことだってある。一般にロマンス読者は、自分がどんなロマンス小説が読みたいかを熟知しているので、もしそんな読者が作家に転じるとしたら、やはり自分がよく知っている、そして自分が大好きな、型通りのストーリー展開をするロマンス小説を書こうとするだろう。そのためには、ハーレクイン社が提供してくれる「ガイドライン」を参考にするのも一つの選択肢だし、過去の名作（あるいは自分の贔屓の作家の作品）の焼き直しを作るという手もある。先に紹介したジャネット・デイリーの言葉、「自分が読みたいと思うようなものを書いているから（いくらでも書ける）」というのは、そういう意味なのだ。

そしてこれほど取っ付きやすい文学ジャンルであるとなると、自分でも書いてみたいとチラッとでも考えてみたことのあるロマンス読者の背中を押すのは、ほんのちょっとしたアドバイスだけでいいのかも知れない。事実、ロマンス小説を大量に読み漁った揚句、「試しに私も書いてみよう」という思いを抱き始めた作家の卵のための「ロマンス作家養成ハウツー本」は世に多い。

中でも有名なのがキャスリン・フォークという人が書いた『いかにしてロマンス小説を書き、出版するか』（一九八三年）という本。ロマンス小説界のファンジンとして有名な『ロマンティック・タイムズ』の創刊者にして、業界を知り尽くしたゴッド・マザーのフォークが書いているだけに、この本を読むと、ロマンス小説の熱烈な愛読者の中から新人ロマンス作家が生まれ出る仕組みがよくわかる。

ちなみにこの本、その標題の通り、ロマンス小説の書き方、及びそれを出版するところまで持っていく方法に関する指南書なのだが、実は単なるハウツー本ではない。そこにひと工夫あって、この指南書自体の中に一つの架空のストーリーが仕組まれているのである。

主人公となるのはロマンス小説の熱烈なファンである「ロージー・レイノルズ」という三十五歳の主婦。ロマンス小説愛が昂じた結果、ついに自ら執筆を志したロージーが、『ロマンティック・タイムズ』の編集長であるキャスリン・フォークに手紙を出し、どうすればロマンス作家になれるのかを尋ねた、というところからストーリーが始まり、この問いに対するキャスリン・フォーク自身のアドバイスや、フォークの友人である五十二人もの著名なロマンス作家たちからのアドバイスを通じて、ロージーが自覚と自信に目覚め、一人前のロマンス作家に成長していく様が描かれることになる。要するにロージーという架空の作家の卵を一種の狂言回しとして使いながら、間接的にロマンス小説家になるためのノウハウを一般読者に伝授していくというのが本書の趣向なのだ。

かくして本書には、およそロマンス作家たるものが心得ておかなければならないあらゆること、例えば取材の仕方であるとか、ストーリーの立て方、一人称にすべきか三人称にすべきか、冒頭の章の書き方、必ず書き込むべきこと、逆に書いてはいけないこと、結末のつけ方、清書の仕方、完成した原稿をどこへ持っていけばいいかなど、様々なノウハウが事細かに盛り込まれている。また「最初はキッチンのテーブルで書いてもよいが、プロ意識を持つためには自分の書斎を持て」などという説得力のあるアドバイスがあるかと思えば、それに続いて「ただしその際、椅子にはクッションを敷き、壁にはセクシーな男優のポスターを貼れ」といったやや下世話なアドバイスまであったりして、読者を飽きさせないような工夫が随所になされているところも面白い。

しかし、そのような下世話なことまで含め、本書に登場するありとあらゆるアドバイスの中で、著者のキャスリン・フォークが最初にロージーに与えるアドバイスは何かと言えば、「ロマンス作家たるもの、まず熱心なロマンス読者であれ」ということである。

でもまず最初にあなたが知っておかなければならないのは、あなた自身がロマンス小説の熱心な読者であればあるほど、あなたの作品が出版される可能性が高くなるってことね。『愛の先駆者たち』っていう本を書くための準備をしていた時に発見したことなんだけど、人気ロマンス作家の大半はもともとロマンス小説の読者で、そこから作家に転じた人たちなの。

今活躍しているロマンス作家の大半がそうだったように、ロマンス小説の熱烈な読者こそが、ロマンス作家になる一番の候補者であるということ。これこそまさにキャスリン・フォークがロージーに最初に語りかけることであり、またこの本の中でロージーにアドバイスをする数多くの現役ロマンス作家たちが異口同音に主張することなのだ。そしてこれら先輩たちからの暖かい励ましに背中を押されたロージーは、一人のロマンス小説愛好家から新人ロマンス作家へと変貌を遂げていく。

とまあ、新人作家ロージーの誕生は、このドラマ仕立てのロマンス作家養成ハウツー本が仕組んだ架空の物語ではあるが、しかし、先のジャネット・デイリーの例もあるように、ロマンス小説の世界においては、一読者の立場から出発して素人作家となり、そこから名を上げていった作家が大勢いることは確かである。またそうやって功成り名遂げた先輩作家たちが、ロマンス小説ファンの読者に向かって絶えず「私たちの小説を楽しんでくれているあなた達だって、きっと素晴らしいロマンスが書けるはず！」というメッセージを発しつつ、「自分も作家になりたい」という野心を持った作家の卵たちを暖かく見守る風習のようなものがあることも確か。「ロマンス小説を書く側」と「それを読む側」の間には、かくのごとく血の通った交流があるのだ。

作家と読者の間に強い絆があって、この絆に支えられながら、ロマンス小説の熱烈な愛読者が、いつしかロマンス小説を書く側にまわり、その作品に触発された読者の中から、また次の世代のロマンス作家が育つ。そんな生産・消費・再生産の健全なサイクル——前章との対比で言うならば「ロマンス小説を読むことの正の連鎖（スパイラル）」と言ってもいいわけだが——それがしっかり確立している文学ジャンル、それが「女性向けロマンス小説」なのである。今から百年ほど前、ミルズ＆ブーン社が女性素人作家を重用する方針を打ち出して以来、ハーレクイン社という名の「ロマンス工場」を通じて継承されてきたこの伝統は、今日、素人を取り込みながら成長・発展を続けていくシステムとして、ロマンス小説という文学ジャンルの中に完全に定着したと言っていい。先に述べたように、一九八〇年代以降、アメリカではペーパーバック市場のおよそ四割をロマンス小説が占めているのだが、この圧倒的なシェアの背景には、ロマンス小説を読み、そして書く、膨大な数の「素人」の存在があったのだ。

そう言えば、先にコンピュータが書いた『一回きり』という小説のことを紹介したが、この小説がロマンス小説の愛好家の間であまり高く評価されず、わずか三万五千部しか売れなかったのも、実はここにその理由がある。つまりこの作品がロマンス小説ファンから敬遠されたのは、その内容が面白くなかったからと言うよりも、それを書いたのがコンピュータでは、ファンレターを書いたり、感想を告げたり、アドバイスをもらったりすることができないからなのだ。作品を仲介として作家と読者の間にインタラクティヴな交流が成立してこそ、そこに価値が生じるのであって、そうした交流が成立しないとなると、少なくともこの文学ジャンルのファンからすれば、そんなものはロマンス小説ではあり得ない——本作の仕掛け人、スコット・フレンチが見落としていたのは、ロマンス小説を愛する女性たちのこうした心情だったのである。

ハーレクイン・ロマンスは永遠に！

さて、ここまで「ハーレクイン・ロマンス」の誕生と発展の経緯に軸足を置きながら、ロマンス小説なるものにまつわる様々な事情について述べてきたわけだが……いかがだっただろうか。このカナダ生まれ、アメリカ育ちのロマンス叢書の何たるかについて、またロマンス小説という文学ジャンルの面白さについて、少しはお伝えすることができただろうか。

筆者である私は、長い時間をかけてハーレクイン・ロマンスのことやロマンス小説全般について調べ、また考え続けてきたせいか、今では若干近視眼的に……ということはつまり、やや贔屓目に見過ぎてしまう傾向に陥ってはいるのだが、しかし、本書を書き上げるに当たり、私自身、なるべく公平な視点を取り戻すことを心がけながら、ロマンス小説なるものの歴史をざっと振り返ってみて、改めて気づいたことが一つある。それは、ロマンス小説という文学ジャンルが、いつの時代も徹頭徹尾「女性の味方」だった、ということである。

十八世紀半ばのイギリスで最初のロマンス小説『パミラ』が産声を上げた時、それは産業革命を背景にした庶民の勃興と、それに伴う女性の労働からの解放の象徴であり、女性の識字率上昇のバロメータであり、女性読者の存在を文学史に刻む契機であった。また『パミラ』以降、歴代のロマンス小説が繰り返し描いてきた「ヒロインの社会的/経済的地位の上昇」というモチーフは、現実の女性の社会的/経済的地位上昇への希求であり、ある意味では予言ですらあった。そして今日、世界最強のロマンス叢書であるハーレクイン・ロマンスが作り出す幸福感に満ち溢れた空想世界は、日常生活の重圧に苦しむ現代女性の駆け込み寺となる一方、その空想世界を自ら作家に転じて生み出すことすらできるかも知れないという夢は、新たな女性向けアメリカン・ドリームともなっている。ロマンス小説の在り方は、その時代その時代の女性の「立ち位置」に連動して動くのだ。

しかし、どの時代にあっても、ロマンス小説の姿かたちは寸分変わらない。『パミラ』以来、現代のハーレクイン・ロマンスに至るまで、この世に現れた膨大な数のロマンス小説は、そのどれもが「ヒロイン（あなた）の下にはいつか必ず白馬の騎士がやって来る。そしてヒロイン（あなた）が抱えている不安や悩みは、そのステキな男性との出会いによってすべて解消する」という確固不動のメッセージを発信し、そのことが古今東西を問わず、過酷な現実に直面して意気阻喪した女性たちを励まし続けてきたのだから。

本書序章において私自身がそうしたように、ハーレクイン・ロマンスの単純極まりないシンデレラ・ストーリーを一笑に付すことは容易である。しかし、事実としてこのロマンス叢書が、あるいはこれに類する膨大な数のフォーミュラ・ロマンス小説群が、仕事に、家事に、育児に疲れた世の女性たちを、たとえ一時でも空想世界に遊ばせ、それによってまた明日、過酷な現実に立ち向かうための活力を与えてきたのであるとしたら、その価値を軽視することは誰にもできない。

「恋の道化師（ハーレクイン）」と共に長い道のりを旅してきた今、そのことがようやく、私にもわかりかけてきたような気がする。

【コラム】ハーレクイン・ロマンスとコバルト文庫

読者のほぼ一〇〇％が女性である「ハーレクイン・ロマンス」という新書判叢書のことを調べている、というようなことを女性の知人に言うと、「それって、コバルト文庫みたいなもの？」と問い返されることが多い。日本人女性、それも一九七〇年代から八〇年代にかけて青春時代を過ごしていた世代の女性にとって、「女性だけの読み物」と言えば断然「コバルト文庫」であるらしいのだ。

ではハーレクイン・ロマンスとコバルト文庫は同じようなものなのか？　と言えば、ある意味では似たところもあるし、ある意味ではまったく違う。

先に違うところから見ていくと、両者は読者層が全然違う。

そもそもコバルト文庫は、一九六六年に集英社から創刊された『小説ジュニア』という小説雑誌に掲載されていたティーン・エイジャー向けの小説、いわゆる「ジュニア小説」から派生しているのであって、読者層は十代の女子に限定される。となると当然、その内容は学校生活の中での恋愛を描く「学園もの」になることが多い。要するに学校生活の中でヒロインに生じる淡い恋愛事情を描くのが主なのである。日本における「女子向け学園小説」と言えば、それこそ大正時代のモガ作家・吉屋信子の少女小説集『花物語』（一九二四年）にまで遡るのだから、なかなか奥深い伝統があるのだが、その流れを汲むコバルト文庫は、あくまで少女の友なのだ。

一方、ハーレクイン・ロマンスはと言うと、こちらの読者層はコバルト文庫のそれよりも広く、俗に「十八歳から八十歳までの女性」などと言われるが、その中心は三十代から四十代の既婚女性なのであって、コバルト文庫よりもよほど上。そしてその主題は、言うまでもなく「結婚」である。コバルト文庫が「恋ってどんなものかしら？」という風に、若年読者がまだ知らぬ「恋」なるものを下から見上げている感じがするのに対し、ハーレクイン・ロマンスの方は、逆に既婚者の読者がヒロインの恋路を上から見下ろしながら見守る感じになる。その点、ハーレクイン・ロマンスの方がぐっと大人の読み物なのである。

ではハーレクイン・ロマンスとコバルト文庫の似ているところはどこか。

私の見るところ、両者に共通するのは、作家と読者の間にある強い絆である。ハーレクイン・ロマンスにしてもコバルト文庫にしても、作家陣と読者が一体となって「その世界」を作り上げている印象が非常に強いのだ。そしてこの種の絆というのは、一般の文学世界にはない、女性の文学特有のものであると同時に、非常にシステマティックに作り上げられているものでもある。

例えばコバルト文庫の場合、母体となる『小説ジュニア』（一九八二年から『Cobalt』に改称）という小説誌がまずあって、これが定期的に新人賞の原稿募集をする。そしてそれに応募してきた素人の新人の中から才能豊かな作家の卵を発掘して育て上げ、さらにそうやって育てた新人作家の新鮮な作風に憧れた読者の中から、次の新人賞を争う才人が現れるという一連の流れがある。つまり「作家が読者を育て、その読者が次世代の作家になる」というサイクルがきっちり形成されているのだ。またそうであるからこそ、新井素子をはじめ、俗に「コバルト四天王」と呼ばれる氷室冴子、久美沙織、田中雅美、正本ノンなどの才能が次々と世に出たのだし、キラ星のごとき彼女らの存在がまた、その読者をしてコバルト文庫への一層の忠誠を誓わせたとも言える。そしてコバルト文庫を介した作家と読者の強い結び付きがあったからこそ、その対抗馬として「講談社X文庫ティーンズハート」も生まれ、そこから花井愛子をはじめとするティーンズハート派の作家とその読者との結び付きというものも生まれて、この二つのレーベルが互いに切磋琢磨しながら、一九七〇〜八〇年代の日本における少女文学ブームを盛り上げていったのである。

で、これとまったく同じことがハーレクイン・ロマンスにも当てはまるのだ。

例えばハーレクイン・ロマンスの人気作家キャロル・モーティマーやサラ・クレイヴンは、先輩ハーレクイン作家アン・メイザーの作品に感銘を受けて作家になることを志したのだし、サラ・ウッドはシャーロット・ラムに憧れてこの世界に足を踏み入れたという。ヘレン・ビアンチンやジーナ・ウィルキンズはノーラ・ロバーツに憧れた口だ。そしてそのノーラ・ロバーツは、往年のサスペンス・ロマンス作家メアリー・スチュアートに憧れていたというのだから、「読者が作家になり、その作家が新しい読者を作り、その読者の中から次の世代の作家が生まれる」という一連のサイクルがあることがわかる。

しかもこれら現在も活躍中のロマンス作家たちは、アメリカ・ロマンス作家協会などの機関を通じて互いに交流をし合っており、さらに全米各地で定期的に行なわれる「ファンの集い」などで読者との交流も図るなど、作家と読者が一団となってロマンス小説を盛り立てていこうという気運に満ち満ちている。また彼女たちはハーパーコリンズ・ジャパンの招きで何度も日本を訪れ、日本のファンとの交流を楽しんでいるのだから、ハーレクイン・ロマンスを介した作家と読者の絆は国境をも楽々と越える。そしてそうしたものがすべて相まって「ハーレクイン・ロマンスの世界」を作り上げていることは、本書の中でも指摘してきた通りである。

ハーレクイン・ロマンスとコバルト文庫。両者はそれぞれ別な文化的文脈から生まれた別種のロマンス叢書であり、それらが登場してきた経緯も、背後の事情もまったく異なる。しかしそれを書く女性作家とそれを読む女性読者の間にある強い絆、そして「読者が作家に転じる」というダイナミックな関係性は、ほとんど瓜二つと言っていいくらいよく似ている。

結局、女の園に生じる現象は、洋の東西を問わず、共通するということなのかも知れない。

あとがき

本書は過去に私が様々な媒体に発表した論文を編集し直したものである。書き足したり、削ったり、書き直した部分も多く、ほとんど原型を留めないほどなので、各章の初出を示す意味はあまりないのだが、それでも一応、本書の元となった論文の一覧を発表順に列挙しておこう。

「恋の道化師伝説」『図書』(岩波書店)二〇〇四年五月号、一〇-一四頁。
「ハーレクイン対フェミニズム――フォーミュラ・ロマンス批評史をめぐる一考察」『中部アメリカ文学』(日本アメリカ文学会中部支部)第八号、二〇〇五年三月、一五-三〇頁
「ローラ・ジーン・リビーと「働く女の物語」」『外国語研究』(愛知教育大学英語研究室)第三八号、二〇〇五年三月、五七-七六頁
「働く娘にロマンスを――アメリカ十九世紀末の勤労少女出世譚について」『図書』(岩波書店)二〇〇五年六月号、一四-一八頁

「素人の文学――ロマンス小説における消費と生成の幸福なるサイクル」『外国語研究』(愛知教育大学英語研究室)第四〇号、二〇〇七年三月、六三‐七八頁
「アルファ・マンの系譜――ハーレクイン・ロマンスのヒーローたち」『英語青年』(研究社出版)二〇〇七年六月号、一四‐一五頁
「ハーレクイン対シルエット――「ロマンス戦争」の行方」『外国語研究』(愛知教育大学英語研究室)第四一号、二〇〇八年三月、三九‐六五頁
「後ろめたい読書――女性向けロマンス小説をめぐる「負の連鎖」について」『愛知教育大学研究報告(人文・社会科学編)』第五七号、二〇〇八年三月、一一七‐一二二頁
「すべてはロマンスから始まった――文学史から見たハーレクイン・ロマンス」『ロマンスの王様――ハーレクインの世界』(洋泉社)二〇一〇年五月、一四二‐五〇頁

右に示した各論文の発表年月を見れば明らかな通り、私が集中的にハーレクイン・ロマンス研究に打ち込んでいたのは、二〇〇三年からのおよそ十年間である。この期間には、右の一覧に挙げたもの以外にも数本の論文を書いており、ハーレクイン・ロマンス関連で書いた文章の分量は、すべて掻き集めれば優に一冊の本を構成するだけのものはあった。

であるからして、「これらの文章をまとめて一冊の本にしてしまえ」という邪な構想は、も

ともと私の中にもあった。実際、何度かその方向で単行本化に着手したこともある。だが私自身の怠惰な性格ゆえに、その都度、中途で挫折してしまった。幾つかの論文は拙著『ホールデンの肖像——ペーパーバックからみるアメリカの読書文化』（新宿書房、二〇一四年）の中に収録したが、その本が世に出る頃にはまた別の研究テーマに取り組み始めていたため、ハーレクイン・ロマンスに関する本を書き上げるという私的なプロジェクトは、永遠にお蔵入りしたかに見えた。

そんな時である、平凡社の吉田真美さんより「ハーレクイン・ロマンスについて新書を書いてみませんか？」という嬉しいお誘いをいただいたのは。このお誘いは、私からすればまさに天啓、しばらくほったらかしにしていた宿題を最後までやり遂げよ、という神の声に聞こえた。俄然やる気を取り戻した私が、他の仕事を打棄（うっちゃ）って、このプロジェクトに全力で取りかかったことは言うまでもない。

……ということはつまり、もし吉田さんの一声がなければ、当然、この本は存在しなかったということになる。私としてまず第一に吉田真美さんにお礼を申し上げたいと思う所以である。吉田さん、ありがとうございました。

だが、実際にこの本を書く作業は実に辛かった。本書の内容を構成する材料は揃っているのだから、新書くらいの長さの本なら簡単に書けるだろうと思ったのがとんでもない大間違いで、ために私はおよそ数ヵ月というもの、塗炭の苦しみを味わうことになったのである。

筆が進まない理由ははっきりしていた。

本書の各章の元となった個々の論文は、それぞれ別個の論文として独立して存在している。それゆえ、その論文の一つ一つにハーレクイン・ロマンスの誕生経緯やら、その内容の特色やらが必要に応じて書かれているわけである。ところがこれらの論文をまとめて一冊の本にするとなると、個々の論文の中に書き込まれているその説明部分が邪魔になる。それはそうだろう。読者からすれば、章毎に繰り返し同じ説明をされたのではたまったものではない。

そこで繰り返しになる説明を各論文から取り除き、それをどこか一ヵ所にまとめようとするのだが、それがうまくいかない。何しろ一つ一つの論文はその説明を前提として論旨が展開しているので、その前提がないと論文自体が成立しないのだ。

この当たり前の事情に遅まきながら気付いた時、私は少しばかり色を失った。ひょっとしてこれは、解決策のない絶望的な状況なのではないか?

以後、私が味わった苦労を想像していただきたい。この論文のこの部分と、あの論文のあの部分をくっつけ、そっちの論文の一部を前の方に、残りの部分を後ろに回して……というようなアクロバティックな操作で各論文を再編集し、ある程度までうまくいったと思いきや、そこでどうしても乗り越えられない矛盾が生じてしまい、また最初からやり直すという繰り返し。

シーシュポスの苦悩と言ったら大げさだが、少なくとも積んでは崩すを繰り返す積み木崩しの苦しみは十二分に味わったと思う。途中で何度か「このお話はなかったことに……」と言い出そうかとも思ったが、その都度、打ち合わせの際、吉田さんに己の文章道の何たるかを得意気に語り、「いついつまでに完成原稿をきっちり揃えてお届けしてみせる」と大見得を切ってしまったことを思い出し、自分を恨んだがもう遅い。

とまあ、私としては大分苦しい思いをしたのだが、それでもどうにかこうにか、こうして一冊の本に仕立てることができたのは、スライ・アンド・ザ・ファミリー・ストーンのお蔭かも知れない。と言うのも、本書を書いている時期にたまたま中古レコード屋でこのファンクバンドのベスト盤を安値で入手してすっかり気に入り、本書執筆中、それこそ無限ループ状態でずっと聴き続けていたからである。妙なことを言うようだが、このバンドのディープでファンキーなサウンドに励まされることがなければ、本書執筆も道半ばで挫折していたかも知れない。この場を借りてスライ・ストーンとその仲間たちには「Thank You (Falettinme Be Mice Elf Agin) !」とお礼を言いたい。

しかし、この本を誰かに捧げるとすれば、本書の性質上、世のハーレクイン・ロマンス・ファンの女性たちに捧げる以外あるまい。果たして私は、ハーレクイン・ロマンスの愛読者の皆さんの、この叢書に対する熱い気持ちを、本書においてきっちり代弁できたであろうか？　多少の不安と大いなる期待……いや逆か、大いなる不安と多少の期待を胸に本書を世に放ち、後は読者諸賢のご判断に委ねることにしよう。

令和元年十一月

尾崎 俊介

主要参考資料

以下に挙げる資料は初版時のものとは限らない。なお、この他にハーレクイン社のホームページの記述を適宜参照した。

ペーパーバック本出版史関連

Thomas Whiteside, *The Blockbuster Complex: Conglomerates, Show Business, and Book Publishing*, Wesleyan UP, 1981.（『ブロックバスター時代——出版大変貌の内幕』常盤新平訳、サイマル出版会、一九八二年）

Piet Schreuders, *Paperbacks, U.S.A.: A Graphic History, 1939-1959*, Blue Dolphin Enterprises, Inc., 1981.（『ペーパーバック大全USA 1939-1959』渡辺洋一訳、晶文社、一九九二年）

Thomas L. Bonn, *Under Cover: An Illustrated History of American Mass Market Paperbacks*, Penguin Books, 1982.

Kenneth C. Davis, *Two-Bit Culture: The Paperbacking of America*, Houghton Mifflin, 1984.

金平聖之助「アメリカのマス・ペーパーバック——流通機構とその問題点」『出版研究』第一一号、三三-六〇頁、一九八〇年

尾崎俊介『紙表紙の誘惑——アメリカン・ペーパーバック・ラビリンス』研究社、二〇〇二年

ハーレクイン社／ハーレクイン・ロマンス関連

Harlequin 30th Anniversary: The first 30 years of the world's best romance fiction, Harlequin Books, 1979.
Margaret Ann Jensen, *Love's $weet Return: The Harlequin Story*, Bowling Green State University Popular Press, 1984.
Paul Grescoe, *Merchants of Venus: Inside Harlequin and the Empire of Romance*, Raincoast Books, 1996.
尾島恵子「ハレクイン社の女性向きロマンス小説の成功」『出版研究』第九号、一五五‐六九頁、一九七八年
洋泉社編集部編『ロマンスの王様――ハーレクインの世界』洋泉社、二〇一〇年

ミルズ&ブーン社関連

Jay Dixon, *The Romance Fiction of Mills & Boon, 1909-1990s*, UCL Press, 1999.
Joseph McAleer, *Passion's Fortune: The Story of Mills & Boon*, Oxford UP, 1999.

ロマンス小説全般

Joanna Russ, "Somebody's Trying to Kill Me and I Think It's My Husband: The Modern Gothic," in *Journal of Popular Culture*, 6, 1973, pp. 666-691.
Phylis Berman, "They Call Us Illegitimate," in *Forbes* (March 6, 1978), pp. 37-38.
Alice K. Turner, "The Tempestuous, Tumultuous, Turbulent, Torrid And Terribly Profitable World of

Paperback Passion," in *New York* (February 13, 1978), pp. 46-49.

Ann Barr Snitow, "Mass Market Romance: Pornography for Women is Different." in *Radical History Review* 20 (Spring/Summer, 1979), pp. 141-161.

Ann Douglas, "Soft-Porn Culture: Punishing the Liberated Woman," in *The New Republic,* Vol. 183, No. 9 (August 30, 1980), pp. 25-29.

Vivien Lee Jennings, "The Romance Wars," in *Publishers Weekly* (August 24, 1984), pp. 50-55.

Leslie W. Rabine, "Romance in the age of electronics: Harlequin Enterprises," in *Feminist Criticism and Social Change: Sex, Class and Race in Literature and Culture*, Methuen, 1985.

Jean Radford (ed.), *The Progress of Romance: The Politics of Popular Fiction*, Routledge & Kegan Paul, 1986.

Carl Thurston, *The Romance Revolution: Erotic Novels for Women and the Quest for a New Sexual Identity*, U of Illinois P., 1987.

Janice E. Radway, *Reading the Romance: Women, Patriarchy, and Popular Literature*, The U of North Carolina P., 1991. （初版 1984）

Jayne Ann Krentz (ed.), *Dangerous Men & Adventurous Women: Romance Writers on the Appeal of the Romance*, U of Pennsylvania P., 1992.

Daphne Watson, *Their Own Worst Enemies: Women Writers of Women's Fiction*, Pluto Press, 1995.

PARA • DOXA: Studies in World Literary Genres, Vol. 3, Number 1-2, 1997.

Pamela Regis, *A Natural History of the Romance Novel*, U of Pennsylvania P., 2003.

Tania Modleski, *Loving with a Vengeance: Mass-Produced Fantasies for Women* (Second Edition), Routledge, 2008.
Kristin Ramsdell, *Romance Fiction: A Guide to the Genre* (Second Edition), Libraries Unlimited, 2012.
ピーター・H・マン、河本仲聖・栗原裕訳『本の本――イギリス出版事情』研究社、一九八七年
佐藤宏子『アメリカの家庭小説――十九世紀の女性作家たち』研究社、一九八七年
進藤鈴子『アメリカ大衆小説の誕生――一八五〇年代の女性作家たち』彩流社、二〇〇一年
山内美穂子「ロマンス小説出版事情」『出版ニュース』二〇〇二年七月下旬号、一九頁

カバーアート関連

Marsha Zinberg (ed.), *The Art of Romance: A Century of Romance Art*, Harlequin Enterprises Limited, 1999.
Jennifer McKnight-Trontz, *The Look of Love: the art of the romance novel*, Princeton Architectural Press, 2002.
Joanna Bowring & Margaret O'Brien, *The Art of Romance: Mills & Boon and Harlequin Cover Designs*, Prestel, 2008.

『パミラ』関連

サミュエル・リチャードソン、原田範行訳『パミラ、あるいは淑徳の報い』研究社、二〇一一年

アーサー王伝説関連

T・マロリー著、W・キャクストン編、厨川文夫・厨川圭子訳『アーサー王の死』ちくま文庫、一九八六年

井村君江『アーサー王ロマンス』ちくま文庫、一九九二年

高宮利行『アーサー王伝説万華鏡』中央公論社、一九九五年

駆け落ち婚関連

岩田託子『イギリス式結婚狂騒曲――駆け落ちは馬車に乗って』中公新書、二〇〇二年

読書画像関連

出渕敬子編『読書する女性たち――イギリス文学・文化論集』彩流社、二〇〇六年

安形麻理・石川 透・上田修一・田村俊作・瀬戸口 誠『読書史の中の読書画像』（第五四回日本図書館情報学会研究大会資料PDF書類）、二〇〇六年一〇月二一日

貸本屋・読書習慣関連

Q. D. Leavis, *Fiction and the Reading Public*, Chatto & Windus, 1968.（初版 1932）

Carey McIntosh, *The Evolution of English Prose, 1700-1800: Style, Politeness, and Print Culture*, Cambridge UP, 1998.

ロベール・エスカルピ、大塚幸男訳『文学の社会学』白水社文庫クセジュ、一九五九年

ジョン・フェザー、箕輪成男訳『イギリス出版史』玉川大学出版部、一九九一年

清水一嘉『イギリスの貸本文化』図書出版社、一九九四年

清水一嘉『イギリス小説出版史——近代出版の展開』日本エディタースクール出版部、一九九四年

アルベルト・マングェル、原田範行訳『読書の歴史——あるいは読者の歴史』柏書房、一九九九年

A・S・コリンズ、青木健・榎本洋訳『文筆業の文化史——イギリス・ロマン派と出版』彩流社、一九九九年

小林章夫『コーヒー・ハウス——18世紀ロンドン、都市の生活史』講談社学術文庫、二〇〇〇年

ローラ・ジーン・リビー関連

Louis Gold, "Laura Jean Libbey," in *The American Mercury* (September, 1931), pp. 47-52.

Joyce Shaw Peterson, "working girls and millionaires: the melodramatic romances of laura jean libbey," in *American Studies* 24 (1983), pp. 19-35.

Jean Carwile Masteller, "Romancing the Reader: From Laura Jean Libbey to Harlequin Romance and Beyond," in *Pioneers, Passionate Ladies, and Private Eyes: Dime Novels, Series Books, and Paperbacks*, The Haworth Press, Inc., 1996.

Michael Denning, *Mechanic Accents: Dime Novels and Working-Class Culture in America*, Verso, 1998.

山口ヨシ子「ワーキングガールから遺産相続人へ——ローラ・ジーン・リビーのロマンスをめぐって」『神奈川大学人文学研究所報』四一巻、一一-二九頁、二〇〇八年

山口ヨシ子『ワーキングガールのアメリカ——大衆恋愛小説の文化学』彩流社、二〇一五年

ジャネット・デイリー関連

Sonja Massie & Martin H. Greenberg, *The Janet Dailey Companion: A Comprehensive Guide to Her Life and Her Novels*, Harper Collins, 1996.

ロマンス小説の書き方指南本関連

Kathryn Falk, *How to Write a Romance and Get It Published*, Crown Publishing, Inc., 1983.

コバルト文庫関連

久美沙織『コバルト風雲録』本の雑誌社、二〇〇四年

花井愛子『ときめきイチゴ時代——ティーンズハートの1987-1997』講談社文庫、二〇〇五年

菅 聡子編『〈少女小説〉ワンダーランド——明治から平成まで』明治書院、二〇〇八年

嵯峨景子『コバルト文庫で辿る少女小説変遷史』彩流社、二〇一六年

【著者】
尾崎俊介（おざき しゅんすけ）
1963年神奈川県生まれ。慶應義塾大学大学院文学研究科英米文学専攻後期博士課程単位取得。現在、愛知教育大学教授。専門はアメリカ文学・アメリカ文化。著書に『紙表紙の誘惑』（研究社）、『アメリカをネタに卒論を書こう！』（愛知教育大学出版会）、『S先生のこと』（新宿書房、第61回日本エッセイスト・クラブ賞）、『ホールデンの肖像』（新宿書房）、共著に『アメリカ文化史入門』（昭和堂）、『英語の裏ワザ』（愛知教育大学出版会）などがある。

平凡社新書９３０

ハーレクイン・ロマンス
恋愛小説から読むアメリカ

発行日——2019年12月13日　初版第1刷

著者——尾崎俊介

発行者——下中美都

発行所——株式会社平凡社
東京都千代田区神田神保町3-29　〒101-0051
電話　東京（03）3230-6580［編集］
　　　東京（03）3230-6573［営業］
振替　00180-0-29639

印刷・製本—株式会社東京印書館

装幀——菊地信義

ISBN978-4-582-85930-0
NDC分類番号930.27　新書判（17.2cm）　総ページ256
平凡社ホームページ　https://www.heibonsha.co.jp/

平凡社新書　好評既刊！

258 女が映画を作るとき　浜野佐知
三百本のピンク映画を撮り、女の視点からの表現を追求した映画監督の情熱の物語。

273 不機嫌なメアリー・ポピンズ　イギリス小説と映画から読む「階級」　新井潤美
本当は意地悪でスノッブなイギリス小説。映画化作品から読み解く真の面白み。

368 モナ・リザは妊娠中？　出産の美術誌　中川素子
妊娠・出産、生命の連鎖という大きな謎を、美術作品はどう表現してきたのか。

388 大人のための「ローマの休日」講義　オードリーはなぜベスパに乗るのか　北野圭介
オードリーの魅力とは一体何なのか。イメージと身体をめぐる「映像詩学」の試み。

472 ハーレーダビッドソンの世界　打田稔
誕生から一世紀。その歴史と進化し続けるメカを大解剖。鉄馬の小さな決定版！

476 ロマンポルノと実録やくざ映画　禁じられた70年代日本映画　樋口尚文
日本映画のどん底時代といわれる70年代に、燦然と輝いた「名画」がいま、甦る！

480 現代アメリカ宗教地図　藤原聖子
諸宗教諸派と政教分離との関係からアメリカの宗教の全体像を見渡す初の書物。

514 春画を読む　恋のむつごと四十八手　白倉敬彦
性と愛は二つには分けられない――無骨だけどおおらかな江戸っ子の「恋」。

平凡社新書　好評既刊！

529 エロティックな大英帝国　紳士アシュビーの秘密の生涯　小林章夫
『わが秘密の生涯』の作者を探るとともに、大英帝国時代の様相を明かす。

571 金髪神話の研究　男はなぜブロンドに憧れるのか　ヨコタ村上孝之
古今東西の金髪女性への文化的態度を分析し、作られた欲望としての神話を考察する。

575 江戸をんなの春画本　艶と笑の夫婦指南　アンドリュー・ガーストル
江戸の女性は、こんなにも艶っぽいユーモアでお堅い教訓を笑い飛ばしていた。

584 「星の王子さま」物語　稲垣直樹
最新の資料をもとに新たな解釈を提示。一人ひとりの物語がもっと豊かになる。

605 シャーロック・ホームズの愉しみ方　植村昌夫
名探偵は実在の人物だった？　ホームズがもっと面白くなる異色の入門書。

611 建築のエロティシズム　世紀転換期ヴィーンにおける装飾の運命　田中純
いま、われわれが取り戻すべきは、建築へのファナティックな探偵の眼差しだ。

714 江戸の恋文　言い寄る、口説く、ものにする　綿抜豊昭
江戸期の「恋文の書き方本」はセックス指南書にして書翰文学だった。

717 男と女の江戸川柳　小栗清吾
好き者たちの奮闘ぶりに、思わずニヤリ。破礼句でも川柳作家の邪推はさえる。

平凡社新書　好評既刊！

720 思い出のアメリカテレビ映画 『スーパーマン』から『スパイ大作戦』まで 瀬戸川宗太
黎明期のテレビを彩った海外ドラマと名優たちを語り尽くす。懐かしさに感涙！

761 春画に見る江戸老人の色事 白倉敬彦
老爺と老婆の性愛を描く春画を読み解き、江戸の性愛観のおおらかさを感得。

763 バレンタインデーの秘密 愛の宗教文化史 浜本隆志
古代、性の放蕩に始まる土着の宗教儀礼が世界習俗と化すに至った歴史を探る。

777 ポリアモリー 複数の愛を生きる 深海菊絵
複数の人を誠実に愛する生きかた、「ポリアモリー」の奥深い世界への招待。

826 落語に学ぶ大人の極意 稲田和浩
交際術から喧嘩・謝罪術まで、粋な落語の噺から楽しく生きるためのヒントを学ぶ。

849 新版 ハリウッド100年史講義 夢の工場から夢の王国へ 北野圭介
ハリウッド一〇〇年の夢とは何か。誕生からその盛衰、そして現在を描き切る。

864 吉原の江戸川柳はおもしろい 小栗清吾
もてたがる男たちと、それを手玉に取る女たちの攻防戦を、川柳で可笑しがる。

882 ヒトラーとUFO 謎と都市伝説の国ドイツ 篠田航一
ヒトラー生存説、ハーメルンの笛吹き男など、自己増殖する都市伝説を追跡する。